Le Dernier des Mohicans

précédé de

Le Manège enchanté
par
Charles Dantzig

Bernard Frank

Le Dernier des Mohicans

précédé de

Le Manège enchanté
par
Charles Dantzig

Bernard Grasset
Paris

Photo de couverture : © DR.

ISBN : 978-2-246-78872-0
ISSN : 0756-7170

Tous droits de traduction, de reproduction et d'adaptation
réservés pour tous pays.

© *Éditions Grasset & Fasquelle, 1956, et 2011 pour la présente édition.*

Bernard Frank / Le Dernier des Mohicans

Le 11 octobre 1929, Bernard Benjamin Frank naît à Neuilly-sur-Seine. Son père, juif alsacien dont la famille avait fui la région en 1870 pour ne pas devenir allemande, a combattu héroïquement pendant la Première Guerre mondiale. Bernard Frank le présentera comme un homme « patriote, libéral, et de gauche ». Sa mère, née à Montpellier, est d'origine bordelaise. De ces deux familles, françaises depuis des siècles, juives laïques, l'auteur dira qu'elles ont abouti à un mariage, celui de ses parents, « produit typique de la bourgeoisie de la IIIe République ». Dans Un siècle débordé, il fait état de ce paradoxe d'être le descendant d'une famille d'anciens combattants issue de tant de générations où l'on était français avant toute religion et d'avoir vu son père interdit de travailler pendant l'Occupation par un pays qui, vingt ans plus tôt, le décorait pour sa bravoure au champ de bataille. Le jeune Bernard fait ses études primaires au cours Hattemer dans le huitième arrondissement de Paris. En 1939, les Frank quittent leur appartement de Neuilly pour s'installer en Auvergne, pressentant sans doute que les poignées de mains entre Hitler et Pétain auront raison des anciennes gloires de Verdun. Avant la défaite, les enfants sont déjà inscrits au lycée d'Aurillac. Cette période, racontée par l'écrivain dans Un siècle débordé, est marquée par de longues journées de lecture des chefs-d'œuvre auxquels il ne cessera de revenir dans ses livres et ses chroniques : À la recherche du temps perdu, les Confessions de Rousseau ou encore les Mémoires du duc de Saint-Simon. Après six années passées dans *le Cantal, la guerre terminée, il rentre à Paris, passe son baccalau-réat et s'inscrit en hypokhâgne au lycée Pasteur d'où il sera renvoyé pour mauvaise conduite. Après une nouvelle tentative en classe préparatoire au lycée Condorcet, il abandonne ses études. Déjà l'inadaptation de Frank aux normes et à la rigueur disciplinaire. En 1952, après quelques articles sur Drieu la Rochelle, Sachs et Constant dans* L'Observateur *de Roger Stéphane, Jean-Paul Sartre, qu'il avait rencontré en 1949, lui propose de remplacer Étiemble comme chroniqueur littéraire des* Temps modernes. *Cette année-là, il écrit un article intitulé* Grognards et Hussards, *lançant ainsi l'appellation qui désignera l'avant-garde littéraire de droite. Dans ce régiment créé par Bernard Frank, placé sous l'autorité spirituelle de Jacques Chardonne et Paul Morand, sont rassemblés Antoine Blondin, Michel Déon ou Roger Nimier. En 1953, il publie* Géographie universelle, *son premier roman, salué par la critique, de Nimier à Nourissier, sur les délires d'un mythomane en chambre. La même année, paraît* Les Rats, *livre dans lequel il vilipende l'ambition des jeunes écrivains existentialistes voulant régner sur le Paris littéraire. Jean-Paul Sartre et Jean Cau, le secrétaire personnel de ce dernier, y sont moqués et n'en riront pas beaucoup. En attaquant sa famille des* Temps modernes, *la cour de l'auteur de* La Nausée, *Bernard Frank sabote son ascension précoce et se sépare de son Pygmalion. L'année suivante, lors d'un cocktail organisé par les éditions Denoël, il rencontre celle qui deviendra sa meilleure amie, Françoise Sagan. Il entre alors dans la « bande » de l'auteur de* Bonjour tristesse *avec Jacques Chazot et Florence Malraux. Ensemble, ils joueront au casino de Deauville, feront la fête des semaines entières en Normandie ou rue d'Alésia à Paris. Colocataire, ami, ne disons pas pique-assiette, jamais amant, il n'est pas simple de définir la relation qui unissait Frank à Sagan. Ils tentèrent d'esquiver les douleurs d'une existence si peu à la mesure de ce qu'ils attendaient.*

Entre 1952 et 1958, Frank ne publie pas moins de six livres. Après avoir connu un rapide succès critique avec Géographie universelle, *à l'âge de 23 ans, la fronde des existentialistes contre son roman* provocateur Les Rats, et la réponse à cette attaque dans son pamphlet Le Dernier des Mohicans, Bernard Frank se tait, sous forme de livre du moins, et ne publiera aucune œuvre pendant 12 ans. En 1970, il revient avec Un siècle débordé, sorte d'immense chronique dans laquelle il raconte sa jeunesse et où, selon les mots de Jean-Paul Kauffmann, il balance son époque par-dessus bord, qui recevra le prix des Deux Magots. En 1980, il publie Solde, qui reçoit le prix Roger Nimier, et devient chroniqueur littéraire au quotidien Le Matin de Paris. Il rejoint ensuite Le Monde en 1985, avant de revenir au Nouvel Observateur en 1989. Le 3 novembre 2006, Bernard Frank dîne rue du Faubourg-Saint-Honoré avec un ami médecin. Après avoir discuté littérature et politique, il prononce les mots : « Je voterai Strauss-Kahn » et meurt.

La plupart de ses ouvrages sont composés de longues digressions construites en feuilleton où il se faisait le brillant chroniqueur de son époque. Il emmenait le lecteur saluer Diderot perdu au milieu d'un conseil des ministres pompidolien, embrasser Malraux après avoir redressé le képi du général de Gaulle ou se souvenir avec Rousseau de la vieille affaire du ruban. Avec Frank, il faut renoncer à la catégorie. Et cette œuvre qui commença à un rythme effréné, avant de s'assoupir pour se réveiller dix ans plus tard avec brio, ne ressemble à rien. Ces phrases qui semblaient, à leur début, un bredouillement inaudible, suivant une trajectoire hasardeuse, ne sachant pas si on les retrouverait à Grenoble avec Stendhal ou sur les rives du New Jersey avec Gatsby, sont rattrapées par leur auteur dont on croyait qu'il les avait abandonnées là, au hasard d'une confidence sur les délicieuses paupiettes que cuisinait sa mère. La justesse des écrits de Bernard Frank n'est pas étrangère à l'indépendance intellectuelle dont il fit montre à toutes les époques de sa vie.

Le Dernier des Mohicans (paru dans la collection Libelles, dirigée par François Michel aux éditions Fasquelle) est une réponse de Bernard Frank à un article de Jean Cau, publié dans Les Temps modernes. L'année même de la publication de Géographie universelle, *en 1953, ont paru* Les Rats. *Dans ce roman, il se moque de l'ambition de jeunes écrivains parmi lesquels se trouvent plusieurs figures du courant existentialiste qu'il connaissait bien en raison de son appartenance à la revue que dirigeait leur chef de file. Jean Cau est alors le secrétaire personnel de Jean-Paul Sartre, fonction qu'il a occupée de 1947 à 1956. Mécontent du roman de Frank dans lequel il est moqué, Cau attaque le livre et son auteur dans un article des* Temps modernes, *allant même, avec d'autres journalistes, jusqu'à déchirer la maquette d'une publicité du roman qui devait paraître au dos de la revue. Blessé par cet assaut, qui tourne à une cabale de la garde rapprochée de Sartre, Frank pense d'abord écrire un* Contre Cau, *puis décide de ne pas faire l'honneur à son ennemi d'un pamphlet entier. Et c'est ainsi que* Le Dernier des Mohicans *devient une attaque en règle contre l'existentialisme.*

Plutôt qu'une provocation inconsidérée, écrite dans la fureur, l'écrivain préfère un ouvrage où il se met lui-même « à la question » car au fond « on ne répond jamais à personne ». De là naît toute l'unité d'un livre qui semble ne pas en avoir. Trois chapitres pour comprendre ce qui a poussé Cau à s'en prendre à lui, et les véritables raisons qui l'ont poussé, lui, Bernard Frank, à écrire cette réponse. Dans la première partie, « Nos critiques », l'auteur revient sur son prédécesseur à la chronique littéraire des Temps modernes, *Étiemble, et sur d'autres critiques de l'époque, comme Thierry Maulnier (*Le Figaro*) ou Claude Roy (*L'Observateur*). Et dans cet examen général, tout se passe comme s'il avait souhaité, après avoir subi des remontrances injurieuses dans sa propre revue, se resituer. Dans le deuxième chapitre, « Contre Cau », s'il se laisse parfois aller à quelques coups de griffe faciles, Frank préfère analyser les raisons profondes de cette haine. Cau était-il jaloux ? Avait-il peur de ce brillant jeune homme ? Doutait-il de son engagement à gauche ? Ce sont ensuite* Les Mandarins *de Simone de Beauvoir, qui vient de recevoir le prix Goncourt, qui vont passer l'examen du procureur Frank. Il fustige cet ouvrage tant vanté comme « un roman fatigué écrit par une personne fatiguée », « un livre gauche plus qu'un livre* de gauche ». À la faveur de cette critique, dans le plus pur style Frank, il explore la civilisation existentialiste, cette nouvelle littérature déjà vieillie, supposée libérale et déjà intolérante. Dans le dernier chapitre, s'adressant à Cau, Frank conclut : « Je ne vous hais point et j'ai cet avantage d'avoir dit sur vous ce qu'il fallait dire. Pour l'honneur des Temps modernes, j'ai voulu que vos grossièretés aient un sens. Vous voudrez bien admettre qu'un tel projet ait pu rencontrer des vents contraires, des coups de lassitudes. »

Lassitude serait bien le mot de ce livre. Frank semble las pour une seule raison : la littérature de son temps lui déplaît, de droite comme de gauche. Tous alignés, Druon, Déon, Sartre, Beauvoir, face au général Frank replaçant sa mèche de dépit, semblent avoir honte de ne pas savoir rajuster la vareuse de leur style froissé. Ayant mis le deuxième classe Jean Cau aux arrêts, Bernard Frank ferme la porte de son cachot avant de commencer à s'ennuyer. Cau n'était pas l'origine du mal mais un exécutant.

Après cette diatribe, Cau rompra à son tour avec Sartre, écrira à L'Express et dans Paris Match. Il reçoit le prix Goncourt en 1961 pour son roman La Pitié de Dieu. Petit à petit, il tombe dans l'exaltation de la civilisation européenne et fustige la décadence du gauchisme, se rapprochant ainsi de plus en plus de la droite avant de terminer très près de son extrême. Il aura bien mérité de l'inimitié de Frank. « Et les grands écrivains d'aujourd'hui, les derniers des Mohicans, semblent plus soucieux d'acheter leurs œuvres complètes, que de relancer une fois de plus les dés. Qu'importe s'ils s'enfoncent dans l'erreur, avant tout, pour eux, il s'agit de s'enfoncer, d'entourer leur tombe de pyramides gigantesques qui étonnent plus l'imagination qu'elles cherchent à la convaincre. »

Le Manège enchanté

Quelques mois avant sa mort, je lui ai demandé comment il avait connu Sagan. Il a cherché, puis répondu qu'il avait oublié : « C'était il y a cinquante ans. » Et je le comprends. On oublie moins facilement la genèse de ses connaissances, parce qu'elle n'est pas, comme celle des amitiés, recouverte d'épaisses couches d'affection. Ne laissons pas passer cinquante ans. La première fois que je l'ai rencontré, c'était à un dîner chez Simone Gallimard, place de Furstenberg, derrière chez Delacroix (Paris !). J'avais vingt-quatre, vingt-cinq ans. Je lui ai dit que j'achetais *Le Monde* tous les mardi pour ses chroniques. Il a grogné. Il n'aimait pas les compliments, ou plutôt, il se méfiait des éventuels flatteurs. Il a parlé de *Géographie universelle* qui avait un lecteur en Inde, et ce n'est pas la dernière fois que je l'ai entendu se remémorer ses livres.

Un personnage de *Scoop* demande à Woody Allen quelle est sa religion : « Je suis né dans la religion hébraïque, mais je me suis converti au narcissisme. » Oui, bien sûr, Bernard Frank ne parlait que de lui, mais c'était un autre : l'auteur, qui avait écrit tel livre (il parlait surtout de *Géographie universelle* et de la réédition des *Rats* à cause de ses bonnes ventes), à qui Robert Hersant avait proposé de signer dans *Le Figaro*, ce qu'il avait refusé, comme de donner suite à l'acceptation d'un livre chez Gallimard, de se présenter à l'Académie française, la Légion d'honneur. L'homme est aussi, un peu, ce qu'il ne se fait pas. Sur sa vie, je n'ai jamais vu Narcisse aussi discret. Sans parler de celle des autres. Quelle profonde politesse, quelle délicatesse de chat.

Il en parlait beaucoup, de cette *Géographie universelle*, il est difficile de résister à un succès à l'âge de vingt-quatre ans. « Celui qu'ils veulent détruire, les dieux le qualifient de prometteur », dit Cyril Connolly dans *Ce qu'il faut faire pour ne plus être écrivain* (fine traduction d'*Enemies of Promise*). Les bravos ont sidéré Bernard. Qu'écrire qui en obtienne autant ? Il était paresseux, dit-on, et la paresse est une forme de peur. Il la contestait ironiquement (l'article « Comment peut-on être aussi cossard ? » dans *Égoïste*) au motif qu'il écrivait 8000 signes par semaine pour les journaux, mais cela n'empêche qu'il restait le problème du Livre. Le chef-d'œuvre. Un autre. Ah, il est dur d'avoir écrit un livre remarquable. On vous en demande sans cesse un autre. La médiocrité est plus tranquille. Les talents comme celui de Bernard Frank, nerveux, angoissés, moqueurs, ça tue. Je crois que ce qui s'est passé, avec lui, c'est qu'il a cherché à camoufler son génie sous le talent.

Et évidemment, il n'a pas réussi. Il a écrit au moins deux autres livres remarquables, *Un siècle débordé* et *Solde*. La différence avec *Géographie universelle* est qu'il les a abordés de côté plutôt que de face, et en grommelant plutôt qu'avec des trompettes de damoiseau, comme pour ne pas avoir l'air d'avoir de l'ambition, si par hasard il les ratait, pire même, s'ils étaient réussis ? Encore le fardeau de devoir en écrire d'autres ? Bernard Frank a été la plus savante organisation de faux ratage de la littérature du XXe siècle. Et le brillant jeune homme rongé qui ressemblait au Hamlet de Jules Laforgue a pris le genre matou qui sabote une pelote de laine. S'il a survécu à la violente décennie de la vingtaine, chacun trouve sa manière de détourner la vigilance des dieux qui nous haïssent.

De Connolly, il n'avait pas lu *Marée basse* avant d'écrire *Les Rats*, je le lui ai demandé. Les similitudes de timbre viennent de ce que nous sommes moins uniques que nous le pensons. À leur grande indignation, tous les moi sont les mêmes. Et c'est pour cela qu'ils sont utiles. Chacun se croyant unique parle pour tous. Différence entre le narcissisme et l'égocentrisme. Le narcissisme ou ce que l'on appelle ainsi consiste à analyser les choses délicates auxquelles la plupart des hommes ont renoncé. Ils sont devenus des égocentriques, c'est-à-dire des fanfarons de leur brutalité.

Pour ma part, je ne me rappelle pas si j'avais lu *Géographie universelle* avant d'écrire *Confitures de crimes*. Je dirais non. Les similitudes de timbre, etc. « Tu es maximaliste », m'a dit un minimaliste lorsqu'il a paru. Ah, je ne suis pas contre l'imprudence. Dans ce roman écrit trop vite, un poète devenu président de la République égorge ses partisans et déclare une guerre ; devenu tyran, il se fait suivre par un cortège de dix-huit teckels borgnes. J'avais été frappé de ce que l'écrivain qui a eu le plus de pouvoir politique de la littérature française, Chateaubriand, à peine nommé ministre des Affaires étrangères, déclare une guerre à l'Espagne où les armées françaises se sont très mal tenues, avec concussion en plus des tueries, puis, très content, appelle ça « ma guerre d'Espagne » dans les *Mémoires d'outre-tombe*. Ma guerre, mamour, mes assassinats fastueux à moimoimoi. (Stendhal s'est moqué de cette guerre dans ses articles pour la presse anglaise, une des probables raisons du grand silence de Chateaubriand sur ce fat petit consul qui ricane ; il a dû savoir qui se dissimulait derrière ces pseudonymes de L.C.D. et autres P.N.D.G.) Et les livres à la *Géographie universelle* (où entre en partie *La Place de l'étoile* de Modiano) viennent non seulement du *Hamlet* de Laforgue et des *Chants de Maldoror*, mais aussi du *Voyage autour de ma chambre* de Xavier de Maistre, comprimé de finesse des énervés. Au reste, énervé Bernard n'a jamais été, c'est son livre qui l'a un instant fait croire. Il m'a dit un jour que ce livre avait attiré à lui « tous les mythomanes de Paris ». L'un d'eux était Jean-Edern Hallier. Cinquante ans après, le fréquentaient les hommes les plus discrets de Paris. Cela lui allait mieux, je trouve.

Quelques mois après le dîner chez Simone, je suis allé lui rendre visite (1989 ?). Il habitait Choisy-le-Roi. Dans mon souvenir, il y a une grande avenue ventée et pleine d'allant genre Karl-Marx Allee, puis une maison basse au fond d'une cour. Des livres, un portrait du dalaï-lama appartenant à sa femme, un gros chat nommé Médor par ses filles. Dans son dernier appartement, un autre rez-de-chaussée sur cour, rue du Faubourg-Saint-Honoré, il y avait, par l'une d'elles, un portrait de *madame Bovary* d'après la couverture de l'édition Folio. C'était un de ses romans préférés, tandis qu'un de ses romanciers préférés était Stendhal.

J'avais *Les Rats*, dans la première édition de La Table ronde, qui avait appartenu à mon père. Je ne l'avais pas lu. Sait-on pourquoi on ne lit pas un livre ? Parce qu'il appartient à notre père serait une assez bonne raison. Nous avons choisi des hérédités différentes, fils d'autres pères que nous pensons être et que nous sommes peut-être. Éric Neuhoff, dans un article du *Quotidien de Paris*, avait attiré l'attention de l'adolescent que j'étais : « Où êtes-vous, Bernard Frank ? » J'avais acheté *Solde* et toutes les rééditions chez Flammarion. *Solde*, dieux de l'Encre ! Qui a écrit dans les années 1980 un livre qui soit l'égal de *Solde* ? Retrouverons-nous jamais cette sensation de plonger dans un lac frais, soyeux, lustral, que nous avions à quinze ans quand nous lisions de la littérature ?

Il a essayé le roman-roman, avec scène d'ouverture naturaliste, très bonne, le carnaval de Nice, mais *Les Rats*, roman anti-sartrien de fond mais sartrien de forme (le personnage principal s'appelle Bourrieu), et donc sartrien, n'était pas son genre. Il est quand même à lui, comme, des années plus tard, le roman social qu'a écrit Sagan agacée qu'on lui reproche ses snobs, et on lui a encore plus reproché ses ouvriers. *Le Chien couchant*, ou *Le Lit défait* ?... N'est-ce pas pareil, au fond ? *Les Rats*, ça ne serait pas exactement comme *La Panoplie littéraire* ? Il n'est pas facile de devenir ce pour quoi on est fait, mais quand bien même, pourquoi s'y tenir ? Le plaisir du talent est de mettre le destin en erreur. Bernard a eu la bonne idée de désarmer la critique en appelant *Les Rats* « ma série B » puis gardé le vague regret de ne plus avoir écrit de roman. Vers la fin de sa vie, il m'a dit : « Je pourrais écrire un roman… » C'est resté avec les points de suspension.

Dans *Gare Saint-Lazare*, de Betty Duhamel (1976), la narratrice partage un taxi avec lui à la sortie de chez Castel. C'est vers 1966, 67. Il s'endort. « Bernard se réveilla, sortit quelques billets de banque froissés, les remit au chauffeur qui voulut rendre la monnaie. "Gardez-la. Cet argent ne m'appartient pas." Il sortit en titubant et s'accrocha à moi. Il mit un temps fou à trouver la clé dans la poche de son manteau. Puis un temps fou à introduire la clé dans la serrure et encore un temps fou à faire céder le loquet. » Il n'a pas changé, me suis-je dit en lisant ce livre trente ans plus tard. Il était assez grand, à la fin de sa vie marchait lentement avec une canne, qu'il tenait d'une belle main fine et rose. Assis, tassé devrais-je dire, il avait un sourire malicieux qui annonçait le bon mot. L'agacement se signalait par les yeux furtivement levés au ciel. Dans l'opposition, il baissait la tête, aplatissait sa mèche sur le front du dos des doigts, se frottait l'aile du nez de l'index, marmonnait. (C'est un acteur au front chauve qui, dans le film *Sagan*, joue son rôle. Il y a des génies du casting, parfois.) Sa conversation à perpétuelles retouches qu'il n'achevait pas, parce qu'il n'était pas dans un livre.

CHOSES QUE BERNARD M'A DITES

Me parlant de X… : « Elle n'aimait pas du tout son fils. Elle lui trouvait tous les défauts de son père, sans le charme. — Quels défauts ? — Principalement la paresse… Qu'au demeurant elle pouvait comprendre… Non qu'elle-même ait été paresseuse… »

« J'ai pensé à prendre pour nom d'écrivain mon deuxième prénom joint au nom de ma grand-mère. Benjamin Carrance. Je trouvais ça velouté. »

D'Hélène Morand : « Elle était effrayante. Je la revois, avenue Charles-Floquet, nabote sur un tabouret, aboyant : "Bonjour, Frank !" Ce qui, vu ce que je suis et ce qu'elle était, était une gentillesse. »

À propos de Sagan, il a prononcé le mot « regret » de ne pas être allé la voir. Cette femme si entourée du temps de son bonheur est morte seule à l'hôpital d'Honfleur, visitée par la gouvernante de sa maison. Peu avant de mourir, elle a pleuré, m'a-t-il dit. Et il l'a raconté moins ému que je ne l'ai été à l'entendre, mais Bernard qui était anglophile était également anglais en ce qu'il cachait ses émotions.

Deux de ses plus chers amis sont morts presque en même temps, Sagan et François Michel, le directeur de l'*Encyclopédie de la musique* qui a coûté des fortunes aux éditions Fasquelle, est-ce pour le remercier de ce pittoresque que, chez Grasset, Jean-Claude Fasquelle a publié ses très fats et très intéressants mémoires (*Par cœur*, 1985) ? Bernard est allé à l'enterrement de François Michel, en train, dans l'Est, trois choses sinistres, et est revenu abattu : « Je suis mort », m'a-t-il dit. Et pas métaphoriquement, non, non, il a dit « je suis mort » comme s'il était déjà mort. Il est en effet mort peu après.

Ses derniers mots, c'était quelques mois avant la présidentielle de 2007, ont été : « Je vais voter Strauss-Kahn. » Et il est tombé le nez dans son assiette, dans un restaurant corse près de chez lui.

Au cours d'un dîner, il se met à tousser. Devient violet. Tousse plus fort.
MOI : — Bernard, vous voulez de l'eau ?
LUI : — Ça viendra.

Il avait une ononomatopée à lui : « Ouof ! » Cela avait la nuance : « Bah ! On s'en fout. »

Dîners, dîners, suaves dîners. Quand je me rendais de son côté de la Seine c'était souvent chez le Chinois de la rue des Saussaies qui l'appelait « monsieur Bernard », et quand c'était lui qui traversait, plutôt Lei ou Le Petit Tonneau. Avant la rue du Faubourg-Saint-Honoré, il avait failli louer un appartement au-dessous du mien, c'était avant que je n'arrive ; dans ce square a aussi vécu un écrivain avec qui il a eu des rapports méfiants, Angelo Rinaldi. Le nombre de plaques qu'il y aura à l'entrée du porche dans trente ans ! Le Panthéon sera jaloux. Les amoureux des taxis que nous étions traversions parfois Paris, et à nous Olympe, rue Saint-Georges. C'était la limite nord de ses excursions, à mon avis. Il n'était pas voyageur. XIXᵉ, de ce point de vue, sédentaire, parisien, Sainte-Beuve, qu'il aimait bien, enfin, comme ça, il a écrit une brillante analyse des *Lundis*, dans, quoi ? *Solde* ? Évidemment, Proust d'abord.

Plaisir dont je m'enchantais d'avance, ces dîners. Il n'y parlait souvent que de lui, mais cela ne me gênait pas, j'ai horreur de parler de moi. Plus d'un a été délicieux, et je ne saurais rien en dire que cela car il nous arrivait de boire vaguement trop. Ainsi, générations futures, vous n'aurez plus qu'à rêver sur les gentillesses qu'il me disait et l'humour qu'il avait eu.

Un soir, passant devant le ministère de l'Intérieur pour aller au restaurant chinois, il s'arrête devant la grille et plante sa canne sur le trottoir : la veille, raconte-t-il, il a été abordé par un jeune flic en faction (il employait le mot « flic ») qui, avec la dernière grossièreté, lui a ordonné de changer de trottoir. Il fallait l'imaginer posant une bombe, ce vieux monsieur à l'imperméable pas toujours bien enfilé qui avançait si lentement ! La semaine suivante, dans *Le Nouvel Observateur*, il a eu cette phrase cinglante contre Sarkozy, le ministre d'alors : « Il a fait de son ministère la Ligue. » Il a fait de son ministère la Ligue. Voilà sans doute pourquoi, entre mille autres choses, ça n'a pas accroché comme président de la République. Le duc de Guise ne peut pas être roi. « Tu m'as dite en merde ? » demande la couronne, et elle explose sur sa tête.

Je dis Bernard, Bernard par-ci, Bernard par-là, mais nous avons mis un temps infini à nous appeler par notre prénom sans timidité. C'était avant un dîner de 2006, l'année de sa mort, pour confirmer, quoi ? un dîner. « — Bonjour, Bernard, ici Charles. — Bonjour, Charles. » Jusque-là, notre inepte pudeur nous poussait à des : « — Bernard Frank ? Ici Charles, Charles Dantzig. — Bonjour, Charles Dantzig. » Un bonheur de plus. En même temps, qu'on est bête, de se les faire attendre autant. Il faut sauter au cou des gens.

Les snobs sont une catégorie facile à moquer, on dirait même qu'ils ont été inventés pour ça, et qu'eux-mêmes, avec leur modestie quintessentielle, participent à la moquerie. Une catégorie moins recensée et pourtant plus risible me paraît ceux qui croient être snobs. Le genre qui écrit le nom de Marianne Faithfull et se pâme en croyant avoir été admis dans un *club*. Un de ces niais harcelait Bernard de demandes de dîner, de déjeuner, de prendre un verre, de traverser la rue avec lui. Un jour, Bernard accepte ; pour marquer que ce n'était pas une affaire amicale, il se fait inviter au restaurant du Bristol qui n'est pas bon marché. Ayant choisi une bouteille de Mouton Rothschild, il en boit un verre, regardant la nappe, l'œil plissé, sous les paroles de cet ennuyeux frétillant. « Je vais me laver les mains… » dit-il, à peine compréhensible, et se lève. Son convive l'attend encore. L'ayant trouvé insupportable, Bernard avait traversé la rue et était rentré chez lui.

Il avait horreur de l'emphase. Allant à pied de chez moi à un autre restaurant, nous parlions d'un livre assez exalté de Dominique de Villepin, alors Premier ministre. Il interrompt sa marche, tape sa canne sur le trottoir et lève sur moi un regard moqueur : « Quel lyrique ! »

Le lyrisme, ce sont aussi les élans du cœur, et, au fond, il n'avait que cela, sous le scepticisme. C'était un très ancien petit garçon blessé par les vulgarités de la vie, et qui avait trouvé que le meilleur moyen de les parer est la littérature. Il avait mille ans, mais il en avait dix.

Il disait du bien de ses amis. C'était sa bienveillance. Que dis-je ? Pendant vingt-cinq ans, dans ses chroniques, il a parlé des autres. La première fois qu'il a écrit mon nom, dans *Le Nouvel Observateur*, j'ai été fou de joie. Bernard, c'était comme la postérité. La fois où, à propos de ma traduction des chroniques inédites d'Oscar Wilde (un autre que j'ai adoré, celui-là, il était exquis, vraiment, à embrasser, du moins à deux, car à trois et plus il y avait notre petite concurrence de parlote où je le laissais gagner, l'œil mauvais, tandis que les yeux des autres brillaient de plaisir), il m'a traité de « jeune fou si gai de la littérature », je me suis cru parmi les anges. Pendant des mois, des années, j'ai secrètement porté ces mots au revers, plus fier qu'un tyran avec sa poitrine cliquetant de décorations de la lune.

Il a recommencé dix ans plus tard à propos de mon *Dictionnaire égoïste*. Le livre avait été imprimé fin juin et, alors que les articles des livres de septembre ne sont pas supposés sortir à l'avance, il a publié début juillet une retentissante chronique dans *Le Nouvel Observateur*, une pleine page, sous le titre : « Le meilleur livre de l'année. » Avec le mot « chef-d'œuvre ». Ça n'était déjà pas mal, mais la phrase la plus généreuse de sa chronique, surtout quand on sait ce que c'est qu'un écrivain, était : « J'aurais aimé l'écrire. » Et cela a duré quatre semaines. J'étais parti en vacances transporté, me disant : un des écrivains que tu as rêvé d'épater, tu l'as épaté, tu peux mourir. Et quand, de mes vacances en Écosse et ailleurs, j'achetais les journaux français et trouvais trois autres chroniques entières sur mon livre, ce qu'il n'avait jamais fait et n'a jamais refait pour personne, je défaillais de joie. (Deux fois « joie », je sais. C'est encore en dessous.) Je recevais des coups de téléphone d'amis heureux. « Quatrième semaine d'affilée que Frank parle de ton livre ! Il veut t'adopter ou quoi ? » Il n'y a pas que la saloperie dans la vie, pas toujours. Bien sûr, il y a aussi eu une montée de jalousie pareille à un tsunami, mais je l'ai à peine vue, je m'en foutais d'ailleurs, j'avais ma place sur le Manège enchanté.

Nuance perdue avec sa mort : on reconnaissait ceux dont il n'avait jamais parlé à la rage dédaigneuse avec laquelle ils disaient : « Il est gâteux. » On le dit souvent des chroniqueurs, au bout d'un certain nombre d'années. *Et c'est très bon signe.* Cela veut dire qu'ils ont imposé une façon de parler des choses qui donne l'impression qu'ils répètent tout le temps la même chose. Gâtisme, c'est le nom que les jaloux donnent au génie.

S'il parlait de nous, eh, ce n'était pas seulement pour nous. Les autres étaient, comme son passé, la matière de l'œuvre d'art hebdomadaire de sa chronique. De la matière pour la littérature.

Il a intitulé une de ses chroniques « Vieilles choses ». Maupassant, dans un magazine, en était d'autant plus une qu'il l'évoquait à l'occasion de la réédition d'un livre d'interviews de 1890 (l'*Enquête sur l'évolution littéraire* de Jules Huret, où l'on trouve des friandises prodigieuses comme Mallarmé disant à propos de *L'Après-Midi d'un faune* : « J'essayais de mettre, à côté de l'alexandrin dans toute sa tenue, une sorte de jeu courant pianoté autour »). Chaque semaine, dans les différents journaux où il a tenu monologue (*Le Matin*, *Le Monde*, *Le Nouvel Observateur*), nous avons *aussi* assisté à un spectacle : celui d'un écrivain faisant en sorte que son journalisme, dont par nature il ne voyait pas la fin, au contraire d'un poème, d'une nouvelle, d'un roman, où, une fois cette fin aperçue ou atteinte, on peut revenir en arrière pour les retoucher, ait une sorte d'unité de livre.

C'est à mon sens pour cela qu'il laissait souvent passer quinze jours avant de parler d'une chose d'actualité. C'est du périssable, l'actualité, ça ne voyage pas nécessairement bien, et il était évident qu'il espérait faire un long voyage dans le temps. Dans une autre chronique, il évoque l'idée de postérité en précisant que c'est cette idée inepte d'une lecture après notre mort qui nous fait prendre soin de ce qu'on écrit, de la façon dont on l'écrit. L'idée de la postérité est une forme de la conscience. (En même temps, s'il y a besoin de l'œil d'un pion au-dessus de notre épaule pour que nous écrivions décemment, nous sommes de bien pauvres écrivains ; mieux vaut penser à faire plaisir aux vivants.) Il gardait la maîtrise de la forme de ses chroniques en en choisissant les titres et les intertitres, et leur rythme, deux longs paragraphes, un plus court. De là encore ses mentions « à suivre » qui les concluaient souvent : il les posait après avoir signalé des livres dont, en général, il ne parlerait plus, mais cela servait peut-être à faire savoir aux temps futurs que les livres en question, il les avait *vus*. De là aussi sa façon de parler de politique. Par elle, il incluait du roman dans ses chroniques, du roman à la façon *Géographie universelle*, comme lorsqu'il imagine qu'on pourrait composer une opérette sur Pétain (« Le Maréchal a pris l'avion »). Et il faisait de l'histoire rêvée, tellement moins gluante que l'autre.

Avec son air de ronronner, il ne fallait pas le déranger : il avait le coup de griffe preste sur le pédant qui passe. Ou le salaud, ou le salaud. Dans « Jeanne et Shakespeare », à propos d'une représentation de *La Tempête* à la Comédie-Française, il raconte que l'épilogue n'est probablement pas de Shakespeare et que, pour cette mise en scène, la Comédie-Française a choisi une traduction d'Aragon : « Aragon, c'était une bonne idée pour du faux Shakespeare. »

Son enterrement ne donnait pas envie de mourir en novembre. D'être juif, plutôt : un rabbin a dit des choses qui n'étaient pas emphatiques, et avec tact. Envoyons les curés dans les synagogues pour qu'ils apprennent à faire semblant d'y croire un peu. J'ai définitivement quitté cette religion le jour de l'enterrement d'un de mes oncles où le prêtre lui a donné trois enfants, il en avait deux, s'est trompé de prénom, etc. Pas tellement de monde à l'enterrement de Bernard. Beaucoup d'*Observateur*, du Grasset, pas de Flammarion ni de *Monde*, un ou deux de ces sorteurs qui vont aux enterrements comme aux cocktails, et ma foi je les comprends, les premiers ne sont pas plus ennuyeux que les seconds. Les très vieux amis, de plus récents. Ses filles ont été rejointes par une demi-douzaine d'amis de vingt ans qui avaient l'air de sortir de boîte, c'était très sympathique. Sa sœur, qui lui ressemblait, était venue de Floride. Une femme avisée avait demandé que le livre que son mari venait d'écrire sur Bernard fût posé sur le cercueil, en vain. Il y avait aussi sa femme de ménage, qui lui faisait un appartement si propre et bien tenu, chose remarquable pour un vieux célibataire. L'homme en compagnie de qui Frank est mort, long rêveur bafouillant, trépignait d'envie de parler au bord de la tombe. Quand le rabbin a demandé que l'on s'écarte, il s'est avancé d'un air surpris et modeste, mais a été encore plus surpris de devoir céder la place à Micheline Presle. C'était au cimetière de Bagneux, vaste comme un village, dont le carré juif se trouve le long d'une rue bruyante, regardé par des immeubles sans charme.

Les parasites se sont mis à l'œuvre dès sa mort connue. Des gens dont il ne savait même pas qu'ils existaient se sont mis à écrire sur lui en sous-entendant qu'ils avaient été intimes. Bah ! l'imposture ne se greffe que sur ce qui a de la valeur.

J'ai cité le nom de Castel. J'ai parlé de restaurants, j'ai parlé de sa canne, j'ai parlé du chat Médor. Je pourrais, nous le pourrions tous, ajouter Varangeville, Mary McCarthy, un accident de voiture, un séjour agité en Normandie à la fin de sa vie. Tout cela, ces anecdotes, c'est de la légende, et il s'en crée une autour de lui. Eh bien, c'est amusant et accessoire. Les légendes qui se créent autour des écrivains empêchent souvent de les lire.

Un moyen plus rapide de le décrire consisterait à le placer dans de la fiction. J'avais écrit un chapitre de *Je m'appelle François* où trois grands snobs, lui, Gore Vidal, Dominick Dunne, donnaient leur avis sur le personnage principal. La partie avec Bernard commençait ainsi :

Bernard Frank

Il commence l'entretien l'air d'avoir 85 ans, Laszlo Carreidas, puis rajeunit par ses sourires, et il semble alors en avoir 30. Se lissant la mèche de la main, il pointe la bouche, comme pour effacer le sourire qui vient en dessous.

— Ah ?... Vous revenez de chez Gore Vidal ?... Je l'ai rencontré une fois chez Barbara Mmm... Non que je cherche à me vanter... Ne croyez pas que... Sagan disait, et c'est assez ça : il me rappelle Roger Peyrefitte. Roger Peyrefitte était plus marrant, il faut dire. Deux amis des juifs, d'ailleurs... François Darré ?... En boîte de nuit, on aurait dit qu'il se documentait. Il y avait un journaliste connu, à l'époque, qui était d'ailleurs le fils de Franck, Henri Franck, avec un c... Un parent d'Emmanuel Berl... Ce cousin de Franck avait épousé une Turenne, elle faisait partie d'une bande, d'ailleurs, avec cette fille, le mannequin qu'on a retrouvé le mois dernier mangé par ses chats dans son appartement des Champs-Élysées, une amie de Mimi de Voerveke... Ce Turenne avait eu le projet d'écrire une biographie de Darré... Tous les mythomanes de Paris sont venus vers moi, à une époque, à cause de *Géographie universelle*, où je m'imagine... alors que... Ne croyez pas que je vous cite un de mes livres pour... Il avait refusé la biographie en disant : c'est le petit Rênal qui la fera un jour... Comme pour illustrer la phrase d'Oscar Wilde que vous avez traduit : « De nos jours, tout grand homme a ses disciples, et c'est généralement Judas qui écrit sa biographie. » Ce petit Rênal était un descendant de Mme de Rênal, dont la vie est bien connue... J'ai horreur des biographies et bravo qu'il ait accepté de vous répondre...

J'ai supprimé ce chapitre pour des raisons que j'ai oubliées mais que j'ai dû trouver bien bonnes, ah, c'est ça, le roman, on sacrifie parfois l'entre-nous pour ne pas exclure les ignorants. Voilà peut-être pourquoi Bernard n'en a pour ainsi dire pas écrit. Malgré tant de Proust qu'on voudra, le roman, ça n'est pas snob.

Bernard a tendu sa main pour nous faire monter sur le Manège enchanté ; bientôt à nous de la tendre à d'autres, l'un de ces jeunes gens qui rient avec étourderie et sont en même temps très graves, ayant vingt ans et deux mille, passionnés de littérature, rêvant d'y monter à leur tour. Quelle horreur, il va falloir mourir.

Charles Dantzig

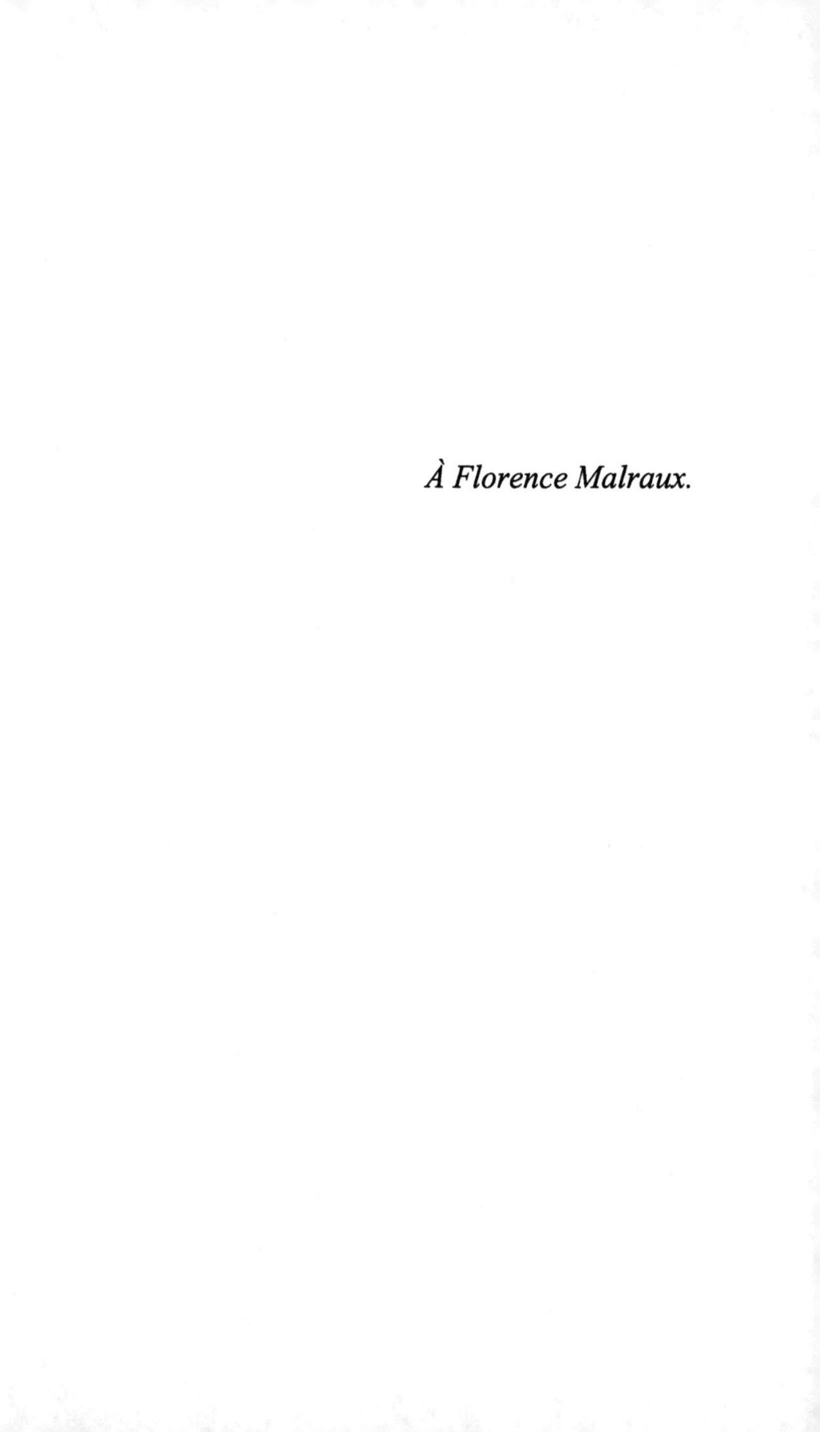

À Florence Malraux.

Je te frapperai sans colère
Et sans haine, comme un boucher.

Baudelaire, « L'Héautontimorouménos »

Je dois quelques mots d'explication à mes éventuels lecteurs qui risqueraient de perdre le fil de ce petit livre écrit à des époques diverses et traitant de sujets apparemment différents.

Sartre, dans le courant de l'année 1952, m'avait proposé de remplacer Étiemble comme chroniqueur littéraire des *Temps modernes*. J'avais alors vingt-deux ans et si Sartre avait lu en manuscrit mon premier livre, *Géographie universelle*, je n'avais encore rien publié, sinon quelques articles sur Drieu, Sachs et Constant dans *L'Observateur* de Roger Stéphane. Cette offre, on s'en doute, me flatta vivement sans pourtant m'étonner. Je ne vois que les mauvaises surprises pour me sembler choses aussi naturelles, *évidentes* que les bonnes. Sartre me fit savoir un peu après que, pendant les six premiers mois, j'étais pris *à l'essai*. Je dois dire que je n'ai jamais cherché à analyser ce qu'il entendait par là, non, le terme m'amusait, j'avais l'impression qu'il me métamorphosait en jeune et accorte soubrette un peu trop vive, à qui l'on confie, non sans une crainte certaine, le plumeau noir que l'on vient de retirer des mains d'un vieux domestique dont les manies, les grognements perpétuels, à la fin, ont mis hors d'elle la maisonnée tout entière.

Je dis plus loin ce que je pense du talent critique de mon prédécesseur. (Mais pourquoi ne parle-t-on jamais du romancier ? *Peaux de couleuvre* est un des meilleurs romans parus depuis la Libération. Les manies d'Étiemble, sa façon de tout voir par le petit bout de la lorgnette, son pointillisme têtu qui rendent trop souvent ses articles de critique insupportables, tout ce micmac donne à ses romans un charme certain.)

Les premiers mois, tout alla bien. On trouva drôle au possible mon article *Grognards et Hussards*. Sartre était enchanté de sa « découverte ». J'aimais ce rôle de franc-tireur, de mercenaire des *Temps modernes* qui convenait à ma nature. Hélas ! Les vieilles, les fidèles troupes de Sa Majesté ne supportent que difficilement le mercenaire, cet odieux personnage, qui, dit-on, est prêt à trahir pour une bouchée de pain. Au début de l'année 1953, les choses se gâtèrent : deux de mes articles furent refusés. L'un était, je crois, une étude sur Malraux. (C'est vrai, m'étais-je dit, on ne parle jamais de Malraux, sinon dans le tremblement ou la fureur. Il faut changer tout cela.) Elle fut jugée un peu faible, d'une légèreté qui détonnait. Sartre m'aurait volontiers rappelé le mot de Bainville sur le traité de Versailles : « Vous avez été trop méchant là où il aurait fallu être gentil, et précisément gentil là où il aurait fallu être méchant. » C'est possible, j'ai parfois tendance à me négliger. De toute façon je n'étais pas follement content. Pour tout arranger, je ne cachai pas plus longtemps à Sartre mes sentiments sur Merleau-Ponty, qui n'avait pas encore, pour mon malheur, tiré toutes les conséquences de la guerre de Corée. Cet incident eut ce mérite de me réveiller. Piqué dans ma vanité, mes articles suivants s'en ressentirent et me valurent les compliments des deux personnes de qui je les souhaitais le plus alors. Tout cela est enfantin, c'est certain : mais sans ces sucettes, j'ai longtemps mal compris comment on pouvait se décider à vaincre cette torpeur, cette mollesse à laquelle je suis parfois si fermement attaché. Bon, mais quelle envie affreuse me poussa à vouloir terminer mon roman durant cet été de l'année 1953 ? N'étais-je donc pas au chaud, à mon aise aux *Temps modernes* ? Y avait-il une situation plus enviable que la mienne à cette époque ? Des articles, encore des articles, on ne me demandait rien d'autre. À soixante ans j'aurais réuni tout ce magma et mes confrères m'auraient consacré d'affriolants feuilletons. C'était la belle vie, la retraite.

Je ne sais si vous vous souvenez encore de cet été 1953 ? La France était coupée en quatre-vingt-neuf morceaux. Les trains ne marchaient plus. C'était un beau et dur silence peuplé de cigales. Il n'y avait que nos ministres pour agir. Au Maroc, nos amis traditionnels déposaient le mauvais sultan. Et M. Bidault, notre ministre des Affaires étrangères, notre Vergennes, qui ne savait que penser de tout cela, laissa penser les événements à sa place pour finalement décider dans l'euphorie que c'était lui qui les avait inspirés. En octobre, j'avais terminé ce roman, *Les Rats*, objet du délit. Je commençai tout aussitôt une chronique pour les *Temps modernes*. Je m'enfonçai douillettement dans un livre de classe d'explication française. C'était une plongée dont je ne voyais pas la fin. J'aime ces projets un peu insensés où la critique se mêle au souvenir, le souvenir à la fausse confidence. Cet article, vous en lirez le début dans ce livre même.

C'est à ce moment que mon éditeur m'apprit que la rédaction des *Temps modernes* avait passé toute une nuit à déchirer le placard publicitaire des *Rats* qui devait paraître au dos de la revue. On ne m'avait prévenu de rien. Du jour au lendemain j'étais un salaud, un traître, un détestable écrivain, mais de seconde classe ; c'était une exécution au petit jour quand la ville dort. J'eus un dernier coup de téléphone avec Jean Cau, le secrétaire de Jean-Paul Sartre : « Comme c'est drôle, me dit-il, je viens de terminer mon article sur vous. » Je ne pouvais mieux tomber, il me « jubila » sa fureur. Ah ! ah ! j'étais pressé de réussir, hein ? Je ne voulais pas comme les copains prendre mes galons les uns après les autres. Ah ! ah ! j'avais sans doute envie de dîner avec un ministre. (Le comique, c'est qu'il me cita alors le nom d'un président du Conseil qui venait précisément d'envoyer à mon éditeur un télégramme lui enjoignant d'arrêter immédiatement la vente du livre.) Tous ces jeunes gens de Passy le dégoûtaient. Et cette érotomanie, donc ? Autre détail, contrairement à ce que j'avais écrit dans mon livre, il n'avait jamais porté de veste de velours. Ce roman était de la merde et me ferait le plus grand tort. J'avais raté mon coup. Bref, je pouvais m'enfoncer cette idée dans la tête, j'étais à jamais rayé du barreau littéraire. Qu'on se le dise !

Cette exultation avait quelque chose d'horrible. Sans être le moins du monde une bonne âme, je n'imaginais pas qu'un écrivain puisse éprouver une telle joie à voir le voisin trébucher. Tout de même, j'avais écrit dans la même revue que Cau, nous défendions les mêmes idées, nous avions les mêmes ennemis, une admiration commune. Je savais bien que nous ne nous étions jamais beaucoup aimés, mais quelle importance ! Ce n'est pas que je tienne Cau pour un imbécile, mais son intelligence avait quelque chose de court, de raide, de définitif qui me gênait. Il semblait tirer argument du petit nombre de ses idées pour en authentifier la justesse. « Je pense peu, donc je pense vrai. » Son poste de secrétaire lui avait un peu déformé l'esprit, il n'était plus lui, il n'était pas Sartre. Quand on lui adressait la parole, on avait la bizarre impression qu'il se demandait si Cau-Cau avait bien le droit de vous répondre sans avoir pris le conseil de Cau-Sartre. Sa vulgarité, qu'il semblait chérir parfois comme une plante rare, m'agaçait. Ce Méditerranéen avait dans ses livres la nostalgie du glacial. On aurait dit qu'il voulait effacer dans ses lignes l'ail et la sueur du Midi.

Établir des rapports normaux entre nous était chose parfaitement impossible ; il ne me comprenait pas (quand il tenta de le faire, il porta ses efforts nettement en dessous de la ceinture) et ma connaissance de lui ne me donnait pas envie de remédier à cet état de choses. Pour des raisons diverses nous étions l'un et l'autre insupportables. Les premières fois où je l'ai vu il avait la morgue naturelle de l'écrivain « arrivé ». (J'entends par là : qui a déjà publié un livre) et moi celle encore plus redoutable (car incompréhensible pour l'autre) du jeune homme obsédé par ses livres futurs. Il me semble que j'ai eu l'intuition de tout cela fort vite et qu'il aurait été nécessaire que je contraignisse ma nature et la vérité des faits – que je jouasse le rôle de l'aîné – mais je croyais avoir mieux à faire et que le temps dissiperait ces nuées.

Cau n'avait pas très bien admis que je ne sois plus l'éternel jeune homme aux cahiers des premiers temps. Sans se l'avouer il avait dû trouver choquant que je fusse publié. Le changement est un perpétuel sujet d'irritation pour l'esprit. *Les Rats* rétablissaient la vérité. On allait pouvoir me jeter aux oubliettes, l'ordre régnait de nouveau aux *Temps modernes*.

Je ne cherchais pas à m'expliquer avec Sartre. J'attendais d'avoir lu l'article de Cau. J'étais seul et j'éprouvais une sorte de joie que je connais bien : j'allais pouvoir tout recommencer. Au fond du puits, il n'est plus nécessaire de se gêner.

Les insultes pleuvaient. La plupart du temps, on ne parlait pas de mon roman, mais de mes mœurs, de ma façon de me conduire dans le monde. C'est fou comme j'avais pu avoir des amis sans le savoir. Bourrieu (un personnage des *Rats*), c'était moi, point d'erreur. Tout ce qui lui était arrivé m'était arrivé ! Madeleine Chapsal dans *L'Express* – depuis mieux inspirée – affirmait que j'avais écrit mes mémoires. La Vertu se concertait avec le Goût pour me fustiger. J'attrapai une véritable indigestion de moralité. J'apprenais, par exemple, que depuis des années j'avais rampé d'une maison d'édition à un cocktail, d'un cocktail à un grand journal, d'un grand journal à la présidence du Conseil. Si on ne m'avait pas démasqué à temps, j'aurais fini, ma parole, par tirer la sonnette de l'Élysée. J'admire encore ces quelques critiques qui ont parlé avec nuance de mon roman – non, je m'exprime mal : simplement qui ont parlé de mon roman et non de moi ou de ce qu'ils supposaient être ma vie privée.

Quand le terrain fut dégagé, l'article de Cau parut. J'eus un moment de découragement. J'avais l'intention de répondre à Cau, il ne me facilitait pas la tâche, son article était irrespirable de méchanceté bête. C'est presque beau la *grosse* haine. Je décidai alors qu'il fallait tenter de créer un peu d'irrémédiable dans la vie de ce garçon. De cette merde, je ferai un livre. Je m'y essaierai. Cau avait visiblement écrit son article sans s'en faire, en toute confiance, ses arrières bien assurés. – Comment dire ? avec une sorte de modestie. Je prendrai au sérieux ces quarante lignes perdues. Hors des *Temps modernes*, loin des *Temps modernes*, je serai délibérément *Temps modernes*. Puisque *Les Temps modernes* s'oubliaient, pour un temps limité, sur un sujet bien mince, je les remplacerai. Ma réponse à Cau s'inséra à l'intérieur de l'article commencé. Au bout de quarante pages ma passion était morte. Sur un point j'avais réussi, je m'étais vidé de toute méchante humeur, je pouvais écrire d'autres livres sans craindre qu'une fureur imbécile altère mon jugement. Je venais d'autre part de découvrir cette évidence : qu'on ne répondait jamais à personne, que, puisque j'avais été mis en question, la seule réponse était de me mettre moi-même à la question. C'est ainsi que je commençais un autre livre, où je reprenais toute mon activité littéraire depuis 1951, jusqu'à ma rupture avec *Les Temps modernes*. Je tentais une sorte de biographie ou de roman, si l'on veut, des idées. Qu'est-ce qui se cache derrière cet article sur Drieu ? sur Constant ? sur Sachs ? etc. Dans mon plan primitif la réponse à Cau devait être le point terminal de ce livre. C'est dire

si toute cette querelle me semblait *lointaine*, presque
un gag. À cette réponse abandonnée, j'ai jugé bon
d'ajouter une étude sur le roman de Simone de Beauvoir, *Les Mandarins*, et un bref bilan d'une certaine
littérature de ce temps. Ce petit livre est donc composé
de quatre parties. Les deux premières ont été écrites en
1953. La troisième en 1954 et en 1955, et la dernière
tout récemment. Voilà.

B.F.

Peut-être ai-je trouvé pour un temps mon bonheur. Sur ma table, il y a un manuel de classe. Peu importent ses auteurs. Ce sont du reste des gens bien, des inspecteurs d'académie. Le livre n'est pas neuf, il a pourtant une jolie couverture vermillon, il doit dater de dix ou quinze ans. Il est destiné aux élèves de cinquième de nos lycées. De cinquième et de quatrième, il a l'encolure large. Il est bourré de dictées, d'explications françaises qui sont groupées en rubriques. (Notations, esquisses et portraits. Aspects de la Nature. Intérieurs et natures mortes. Scènes animées. Récits. Lettres.) Les deux inspecteurs se sont donné un mal fou : ils ont trouvé des titres aux dictées, ils ont inventé des rubriques. (Comprenons. Lisons avec goût. Enrichissons et assouplissons nos moyens d'expression.) Voilà qui relance ma nostalgie professorale. Comme j'aurais trouvé plus digne de mon temps de confectionner ce beau recueil que de gratter du papier dans le vain espoir d'être un jour, moi aussi, une dictée ! Le texte inaugural a pour titre : *Coucher de soleil sur la mer*. Il a quatorze lignes. Ce coucher est dans nos moyens. Il est de Flaubert. Eh bien ! tant mieux, je préfère que ce coucher soit de

Flaubert, plutôt que de Rollinat, des frères Tharaud, de Pierre Hamp ou de Rodenbach. C'est sans doute que j'ai plus de mots prêts sur Flaubert que sur Rollinat – que j'ignore – ou sur les frères Tharaud que j'exècre. Et puis des quatre grands romanciers du XIXe siècle (Balzac, Stendhal, Flaubert, Zola), sans bien réfléchir, je classe Flaubert second. Peut-être suis-je dupe de la tonalité sonore du nom ? Je ne puis m'empêcher de trouver un peu de peau molle dans ce Zola. Le Z n'a jamais indiqué le rocher, ni la rigueur. Il y a du teint blême, du *bedon*, des replis de chair dans cette lettre que l'on peut écraser, ver blanc qui rampe, limace sur laquelle la roue d'une bicyclette passe et repasse. Même Balzac, qui, pourtant, a plus de tenue, souffre d'un Z mieux placé. (Les deux A noirs nous renvoient aux pensions de famille si déprimantes, aux garnis qui abondent dans *La Comédie humaine*.) Si, imitant la patiente démarche d'un Leiris, je m'accroche à ce Z et, métamorphosé en spéléologue, je descends dans quelque gouffre abyssal, je découvre la répulsion enfantine du rital, du frisé méditerranéen dont les joues couvertes de grises pustules semblent des buttes témoins de maladie vénérienne. J'englobe dans ma suspicion première des personnages aussi divers que Gambetta, Zola, Zéraffa. Je les sais républicains, toujours prêts à défendre les causes justes, mais ils me semblent trop proches des victimes qu'ils prétendent protéger. Il y a dans Flaubert une superbe adéquation entre l'œuvre, la vie et le nom. Tandis que la première syllabe, toute ronde, toute cossue, toute bourgeoise, évoque la célèbre photographie de Nadar, les bajoues du visage, les favoris, les gros yeux de bon chien, le gilet, le nœud papillon ; la deuxième syllabe introduit la double nostalgie flaubertienne, l'Orient d'une part, les lacs et les clairs de lune de *Madame Bovary* d'autre part*. Je sais que Jean-Paul Sartre a la réputation de ne pas l'aimer, qu'il lui reprocherait (avec raison) certaines lettres, certain silence, durant la Commune, mais allez donc voir ! Et puis n'ai-je pas une réputation de forte tête à défendre et à consolider aux *Temps modernes* ? Le détenteur du portefeuille littéraire dans cette revue est un personnage remuant que personne ne peut souffrir et qui ne se prend pas pour de la merde. Ça non ! Ainsi mon prédécesseur Étiemble avait tendance vers la fin de son septennat à se considérer un peu comme le Pétain de la critique littéraire. Des bruits fâcheux circulant sur son proche départ, des milliers de bons Français, raconte-t-il dans *Arts*, lui écrivirent de touchantes suppliques : « Ne partez pas, vous seul pouvez sauver cette revue. » Voilà qui aurait tourné de meilleures têtes que celle de cet enfant de chœur.

Claude Roy non plus n'a pas une folle estime pour l'écrivain de l'*Idiote Salammbô*. L'enfant terrible du parti vient de publier à la *N.R.F.* le constat de ses humeurs. Il n'est pas toujours le maître de ses comédies. Comme beaucoup de garçons de sa génération, il est la victime du portrait imaginaire qu'il se fait de Stendhal, il parcourt la littérature à bride abattue, panache en l'air, tulipe à la bouche. Nous sommes loin du Thibaudet patient qui sortait dans quelque ferme son couteau et dégustait sur un quignon de pain, le litre de rouge proche, un succulent fromage. Il est plus plaisant de s'imaginer Fabrice qu'un *matois* paysan. Bien plutôt j'imagine Roy tel un jeune carabin d'avant-guerre qui se posterait à la porte d'une sorbonne pour pratiquer le croc-en-jambe et la paire de baffes sur des bonzes dont la tête ne lui reviendrait pas. Il y a une

---

* Marx a bien raison, qui dénonce l'emploi de cette particule.

façon *fou-fou* de compiler Stendhal qui m'agace. On parle de bonheur, de cœur, de sensibilité, de coquinerie, d'amour, on feint d'écrire vite, on a par-ci par-là quelques phrases rapides et le tour est joué ! On n'est plus soi, mais une apparence toujours la même et qui finit par vous servir d'être de remplacement. « Je passe pour un esprit sec, tandis qu'au fond, j'ai un cœur d'or. » On oublie que Stendhal n'était pas une série de tics charmants, mais un écrivain prodigieusement intelligent, rusé, qu'il n'est pas facile de le coincer et que c'est presque un non-sens de tenter de l'imiter [1]. Je suis navré de jouer les cuistres (et il est bien possible qu'on pourrait relever dans ce que j'ai écrit mille traits semblables) mais à quoi rime cette phrase par exemple : « Les critiques que je trouve vraiment intéressants sont des types tout feu, tout flamme : Racine, Diderot, Voltaire, Stendhal, Gobineau, Léopardi, Baudelaire, Bielinski*. » Des types ? Que signifie cette jabounerie ? Roy veut-il faire peuple ? Veut-il prouver que les grands écrivains ne sont pas si différents de nous ? En quoi Baudelaire, l'homme de la médiation, était-il tout feu, tout flamme ? Et Racine et Gobineau ? Ces apparentements forcés sont ridicules. On se laisse griser par sa culture, on l'étale, on la fait gonfler, on se dispense de la preuve, du raisonnement. C'est justement parce que Roy est intelligent, qu'il est, d'après Aragon lui-même, l'écrivain communiste le plus lu, qu'il est regrettable de le voir se complaire dans cette *suffisance leste*. En exécutant en moins d'une ligne *Madame Bovary*, *Salammbô*, *La Tentation de saint Antoine*, *L'Éducation sentimentale*, qui fera-t-il rire ? Quelques jeunes bourgeois que

---

* Claure Roy, *Le Commerce des classiques*, N.R.F., page 12.

fatigue leur culture, que tout fatigue – « on a tout vu, tout lu, tout compris » – et qui trouvent bien plaisant ce jeu forain. Mais qui trompera-t-il ? Sinon ceux qu'il a le devoir de servir. Passer à tabac un grand écrivain a toujours diverti ceux que Huxley avant de tomber dans le gâtisme nommait plaisamment les membres de la grande famille de la culture. « Est-ce assez drôle, ma chère, l'a-t-il bien descendu ? » Parfait. Mais je songe à ceux pour qui lire n'est pas tout à fait un passe-temps de dame, mais une difficile conquête, et que Roy a la bonne chance d'avoir comme public et qui risquent de prendre pour argent comptant ces règlements de comptes. Pour qui écrit-on ? Roy a la réponse facile mais semble vouloir la compliquer à plaisir. Comme si, par-delà son public réel, il ne pouvait s'empêcher de cligner de l'œil aux lecteurs qu'il a choisi de quitter. « Ne croyez pas que depuis que je suis devenu communiste, j'ai mis Roy dans ma poche, j'ai les mêmes fausses perles que vous, j'ai mon goût, mes humeurs, na ! »

Il y a peut-être de la hargne dans ces réflexions. Comme Dumur (*N.R.F.*, mai 1953), ne reprocherai-je pas à Roy d'être précisément communiste et *cultivé* ? Bourgeois attendri sur mon sort, je veux bien ne rien comprendre au monde, présenter mon frêle cou à des bourreaux invisibles, mais que du moins – oui, oui – on me laisse déglutir en paix la culture. Et ce Roy est un faux frère, qui, bourgeois lui aussi, a quitté la vieille maison – ce qui le regarde – mais, voilà son crime – en emportant les bijoux de famille. A-t-on du reste assez remarqué que l'anticommuniste littéraire choisit bizarrement ses ennemis ? Il justifie Fougeron mais exècre Picasso, tape sur l'épaule de Garaudy mais insulte Lefebvre, souffre tel plumitif mais enrage d'Aragon, etc. Il y a le *bon* communiste, un peu borné, mais si sain, et l'infâme, celui qui égare tout le monde. C'est une vieille ficelle, la règle d'or de la polémique, de préférer le plus lointain et d'accabler le garde-frontière, de se servir du plus lointain pour accabler le garde-frontière. Mais si les coquetteries d'auteur ont leurs minces raisons, plus grave me semble, dans *Le Commerce des classiques*, un vice de méthode, le refus de l'analogie. Roy part en guerre contre le dialogue : « Il y a du moins une calembredaine que vous ne trouverez pas dans ces pages, c'est la fameuse calembredaine du dialogue français. » Le premier mouvement est d'applaudir. Ce faisant, on se venge de six années d'études secondaires, d'innombrables manuels de classe. Malheureusement les lieux communs ont leur vérité. Et le coup de force de Roy se révèle une faute. C'est surtout le mot *dialogue* qui heurte. Il est démodé, sans arête, visqueux. Malraux, plus malin, parle de métamorphose. (Je sais bien, ce n'est pas tout à fait la même chose.) Il est vrai que la littérature française n'est pas un vaste opéra-comique où l'on verrait un Montaigne chanter sans trêve : « Ah ! doute divin, ah ! doute divin », tandis qu'un peu plus loin, sur la même scène, un Pascal d'une voix grave lui répliquerait : « Il faut parier, et j'ai parié, et j'ai parié » et plus loin encore un Voltaire glapirait ; « Intolérance, maudite intolérance, je te poursuis, je te poursuis », etc. Mais il est vrai aussi qu'un écrivain ne germe pas tout seul, qu'il est un héritier. En récusant le dialogue, Roy va priver d'air sa critique. Il n'y a plus de hautes et basses pressions, il n'y a plus de courants, de vent d'ouest et de vent d'est, il y a des monades que l'on atomise ou que l'on encense. Thibaudet savait mieux s'y prendre. En acceptant jovialement l'ensemble du « patrimoine » littéraire, il ne se privait pas pour autant de son sécateur critique. L'analogie chez lui remplaçait la pulvérisation*. Je crois que c'est le propre d'une réelle culture. Roy se contente de partir à l'assaut d'un certain nombre d'écrivains avec sur le dos un petit baluchon sommaire. Quand l'ascension l'agace ou qu'il n'a pas les piolets nécessaires, il se contente de nier la nécessité de l'ascension. Voilà qui explique ces jugements stupéfiants : « Proust était un imbécile, mais cet imbécile avait du génie. » Bien plus que le dialogue, « l'imbécile de génie » est une calembredaine à fourrer dans les greniers. Que diriez-vous, Roy, si j'affirmais à mon tour que vous êtes un critique stupide qui a écrit trente-deux bonnes pages sur Balzac ? Mais il n'y a pas de critiques stupides qui écrivent trente bonnes pages sur un auteur. Il y a un Claude Roy qui a tantôt travaillé (et le résultat est succulent), tantôt cru que sa spontanéité avait des vertus divines. Roy a du reste pressenti le danger. Par deux fois, son ignorance l'a servi : c'est quand il l'a avouée (cf. pp. 17-46 : *Essai sur mon ignorance de l'Égypte, de la Grèce*), quand il l'a transformée en *moyen* de connaissance. Alors il a frôlé la vérité de son talent : partir à la recherche de ses manques. Mais pour Roy ce n'était pas une petite difficulté, une petite douleur, de jouer l'ignorant ou le naïf pendant quatre cents pages. Il n'a pas toujours su se contraindre à laisser au piquet toutes ses connaissances truquées. On peut voir avec quelle vigueur il se met à battre deux malheureux blancs d'œufs, leur donnant un volume

---

* Il s'agissait pour Thibaudet de mettre en ordre son portefeuille, bien plutôt que de jeter certaines valeurs au panier.

démesuré ! Il tombe alors dans la fausse histoire subjective de la littérature. Nous avons tous connu de ces anciens élèves de première qui se souviennent de leurs copies « truffées d'idées rosses » sur tel grand écrivain et qui vous les infligent en ayant l'impression de tirer une fois dernière la langue à leur ancien professeur.

C'est dommage, oui, c'est dommage, les héritiers d'Albert Thibaudet ne sont pas si nombreux de nos jours. Et ce Basque agile (Roy est-il basque ?), ce joueur de pelote avait tous les traits de *l'enfant chéri*[2]. Bien sûr, il y a la monnaie, il y a Arland, Étiemble, Nadeau, Boutang. Comme Boutang dirige *Aspects de la France**, en feuilletant *Les Abeilles de Delphes*, on s'étonne de certaines lectures. Il aurait pu être crétin, seulement crétin, il n'est la plupart du temps que borné. Mais quoi ? trouverai-je du talent à qui nous fait la grâce d'être moins bête qu'il aurait pu l'être ? Ainsi Thierry Maulnier étonne nos gogos assez paysannement. « Vous vous rendez compte, Maulnier a été un maurrassien, et pourtant il essaie de comprendre loyalement le marxisme. Il a même lu Marx, ma chère. Voilà qui est d'une belle intelligence. Il a eu une attitude fort digne durant l'Occupation. Et je ne sais pas si vous lisez ses chroniques dans *La Table ronde*, mais il n'était pas du tout pour la mort des Rosenberg. Et s'il a protesté contre les camps de travail en U.R.S.S., il a aussi protesté contre les camps de concentration grecs, espagnols, c'est vraiment l'intellectuel *objectif*. » Je reviendrai sur cette justification, mais j'avoue, quant à moi, ne pas *mesurer* l'intelligence d'un écrivain en portant à son actif les salauderies qu'il aurait pu

---

* Il dirige présentement *La Nation française*.

commettre et que finalement il ne commet pas. Ainsi Boutang se sent tout fier de n'avoir pas souhaité la mort des juifs, d'avoir simplement souhaité un antisémitisme d'État, modéré et charmant. « Et comment le confondre, oui comment, avec le racisme hitlérien ? » Pour les amateurs d'humour noir, on peut inventer ce conte d'un Maurras dissertant durant l'Occupation avec un nazi qui veut mettre à la chaudière un juif : « Mais non, je ne veux pas qu'on le brûle, c'est monstrueux, si vous me brûlez mon juif, comment pourrai-je le réprimander, comment pourrai-je édicter des lois pour m'en protéger, il est à moi, à moi, vous n'avez pas le droit de détruire, de rendre inutiles des pages entières de mon œuvre. » Et pour finir sur ce Boutang, cette citation : « Un de mes camarades est le fils du maire socialiste de la ville, demi-juif par surcroît. Il devient un ami. Pourtant de la sixième à la classe de philosophie les rapports s'espacèrent et quand il entra *deux ans après moi** à l'École Normale, ils seront inexistants. C'est que j'aurai rencontré Maurras. » Après ces lignes Boutang me semble perdre toute réalité. Je croyais avoir affaire à un gaillard en chair et en os, il n'est que la pâle doublure de Lucien de *L'Enfance d'un chef*. Il s'est évadé du livre de Sartre et le voilà qui jacasse au grand air. L'âge ne l'a pas amélioré. Enfant, il avait son charme. Aujourd'hui, on n'a plus qu'une envie, fourrer le Boutang dans sa boîte et qu'il n'en bouge plus, oui, qu'il n'en bouge plus [3].

Chez Maulnier, la tricherie se cache dans une biographie exemplaire. « Il ne peut pas mentir, puisqu'il a changé, puisqu'il a avoué s'être trompé. Ce qu'il dit maintenant sur le communisme est forcément

---

* C'est moi qui souligne.

vrai puisqu'il aurait pu rester maurrassien et nier en bloc le communisme. Pourquoi donc, maintenant, Maulnier mentirait-il, puisqu'il aurait pu mentir sans se donner de peine ? » En réalité, le maurrassisme est une machinerie démodée et elle ne peut plus toucher dans son ensemble la bourgeoisie cultivée et réactionnaire. Il fallait trouver autre chose. Maulnier organisa le voyage au pays de la peur. « Nous autres bourgeois qui goûtons la culture mais qui n'avons pas assez de temps pour tout lire, ce Maulnier (comme on dirait un Paris-Varsovie) nous enchante et satisfait notre goût de l'exotisme qui nous entraîne dans le *no man's land* des idées défendues et nous ramène, tous frais compris, dans nos appartements et nos idées premières. » Vous vous souvenez de l'exposition 1937 ? C'était merveilleux. On pouvait sans rien risquer monter dans un avion, tenir des commandes, on pouvait se jeter dans l'air en parachute sans craindre la moindre fracture. Lisez Maulnier. Chaque mois, il vous offre un voyage derrière le rideau de fer à l'issue duquel, parole d'honneur, vous retrouverez en toute quiétude vos cours de la Bourse et votre avenue de Wagram. Essayez.

Arland n'a pas le ton d'un héritier. C'est un régent. C'est un bon et honnête régent, il ne faudrait pas du tout par exemple se le représenter sous les traits de Monsieur, duc d'Orléans, régent cynique, intelligent peut-être mais débauché, qui dilapidait les trésors qui lui étaient confiés. Arland serait plutôt une Blanche de Castille. Il gère prudemment l'héritage en vieil oncle dévoué, dans l'attente que les neveux aient perdu leurs boutons noirs. Pour passer le temps, il jardine, il devise avec ses vieux amis. Il attend, il ne se prononce pas. Il ne veut surtout pas forcer le goût de ses petits protégés.

Il embaume les anciens. Il a déjà embaumé Sainte-Beuve, Giono, aujourd'hui c'est le tour de Drieu, de Saint-Exupéry. Il faut rendre cet hommage à Arland que dans le louable souci de transmettre intact ce qui lui a été confié, il ne casse rien. Voilà qui est singulier, lorsque je lis de l'Arland, j'oublie que j'ai affaire à un paysan français, il me semble que je suis transporté dans une merveilleuse voiture américaine, c'est parfait, pas de bruit, pas de chaos. Ah ! cette admirable suspension. Mais qu'est-ce qui se passe ? Un doux écœurement me saisit. Cette vitesse de croisière m'horripile. Comment m'exprimer plus clairement ? Arland a peur. Il a peur de déranger l'ordonnance formelle de ses articles. Il gomme la moindre incidente, il efface cette picoterie, il aplanit telle rugosité, il polit, il ne fait que polir. C'est bien, c'est très bien, mais où est passé le suc, la vitamine, de l'article ? Et puis, je vais vous dire le fond de ma pensée, le dessous de ma réserve, Arland me vexe. Ses éloges funèbres, ils ne me sont pas destinés, ils n'ont pas été écrits pour moi. Il ne s'agit pas de chroniques, mais de cercueils, de superbes cercueils. Nous sommes seulement autorisés à venir pendant un mois défiler, nous incliner devant un mort. Mais ne nous y trompons pas, le vrai lieu de séjour de ces fausses pages de revue, ce n'est pas la *N.R.F.*, mais quelque Panthéon littéraire.

Roy, Boutang, Arland, Étiemble, eh bien ! oui pourquoi pas Étiemble, Étiemble en effet. « Mais vous êtes fou, quelle indélicatesse, vous ne savez donc pas, de toute façon pensez-vous que cela soit opportun, et dans votre situation, surtout dans votre situation. On va vous soupçonner de perfidie, de bassesse, de grossièreté. » Des mots, des mots tout cela, vous ne m'avez pas compris. Vous m'avez mal lu. *Je vais parler d'Étiemble*, nous ne sommes pas au Palais-Bourbon, je ne satisfais aucune vengeance, je ne brigue aucun poste, mon Dieu ! ce que la politicaillerie a pu ronger les esprits, même les meilleurs.

Étiemble vient donc de rassembler en un volume une bonne part des chroniques qu'il a écrites pour *Les Temps modernes* sous un titre qui m'a chiffonné : *Hygiène des lettres*, car il m'a semblé qu'Étiemble y livrait trop vite, trop naïvement, sa nostalgie d'être un esprit clair, sain, qui coupe, qui tranche, qui jette au panier le pourri et le douteux. Or, que je feuillette le « petit supplément à des aperçus de littérature yankee », « le requin et la mouette ou les armes miraculeuses » ou le « Babel », une évidence s'impose à mon esprit, avant même de porter le moindre jugement de valeur, c'est qu'Étiemble est un beau « brouillon ». On peut goûter, certes, ces innombrables points d'interrogation et d'exclamation, ces parenthèses, ces tenaces rancunes de Cairote, ces cuistreries de lettré, ces chinoiseries, ces dadas perceptibles à la loupe, ces axiomes de khâgneux, cette graphie pointilleuse, oui on peut goûter ce pot-pourri, mais devant cette écurie d'Augias, ce mélange de culture byzantine et de manie, l'idée d'hygiène est bien la dernière qui vous viendrait à l'esprit. Il y a du cheval vicieux chez Étiemble. Il bute devant l'obstacle, il renâcle, il piaffe, il piétine là où il faudrait trotter et il prend le mors aux dents tandis qu'il faudrait marcher au pas. Il a l'art d'être pour ou contre un pays, un écrivain, en d'assez futiles raisons et souvent les reproches qu'il adresse aux États-Unis et à l'U.R.S.S. ne seraient pas indignes d'un Georges Duhamel.

Mais est-ce bien là le ton qui convient à un accusé, ne souhaiterait-on pas des yeux baissés, le verbe moins haut, la démarche humble, à qui vient de se voir signifier qu'il est fatigant au mieux, insensé à la rigueur, détestable romancier de toute façon, dans la revue où il a précisément l'habitude d'écrire ?

NOTES

1. La critique traditionnelle, qui n'est pas très fine – mais oui il faut le dire, car c'est la vérité –, a cru découvrir en Stendhal le maître à penser et à écrire de la « jeune » littérature. Je crains que cette critique-là n'ait rien compris à Stendhal. Elle confond la nostalgie et l'influence. Ce n'est pas parce que, pour beaucoup d'entre nous, Stendhal semble l'écrivain le plus *lisible*, le plus délectable du XIXᵉ siècle, qu'il est imitable ou même imité. Quoi de plus fermé que ces admirables folies dirigées que sont *Le Rouge et le Noir* et *La Chartreuse de Parme* ? L'influence est ailleurs : ces jeunes romanciers se prennent volontiers pour des héros de Stendhal. Ils s'imaginent Fabrice et aimeraient avoir, si c'est possible, le talent de Stendhal. Ils ont bon goût, Fabrice est un peu sot, mais charmant, et les dames d'aujourd'hui ont certainement pour lui les yeux de la Sanseverina. À vingt-cinq ans on recherche une panoplie littéraire et je comprends que l'on choisisse celle du parfait Julien Sorel plutôt que celle du parfait père Goriot.

La même critique a cru découvrir que les jeunes écrivains étaient insolents et qu'ils avaient la plume désinvolte. Mais cette désinvolture, hélas ! n'a rien à voir avec celle de Stendhal. Les écrivains de cette génération – et ils ont bien raison – ne croient pas aux romans qu'ils écrivent. Ils se dépêchent de les terminer, ils les bâclent. Cette désinvolture est simplement une forme de la fatigue et de l'ennui. Stendhal s'amusait follement de ses raisonnements, de ses héros. Dans ce dédale de pensées électriques, il était comme un poisson dans l'eau.

2. Bonne nouvelle : Claude Roy ne comprend plus ses

réserves sur *Madame Bovary*. Encore un petit effort de sa part et je ne comprendrai plus mes rares réserves à son égard.

3. On me dit : « Mais Boutang est honnête, mais Boutang est sincère. De tous les écrivains de droite, c'est le plus estimable. » Bon, Mollet aussi est honnête et sincère. « Vous ne comprenez pas, Boutang est prisonnier d'une attitude. Par orgueil, il ne veut pas, il ne peut pas se dépêtrer de son maurrassisme. C'est le dernier des Sudistes. Lui, du moins, il n'écrit pas dans *Elle*, cela devrait vous ravir. Soyez logique. » J'entends bien : ce que l'obsédé craint par-dessus tout c'est de perdre son obsession, c'est de ne plus la retrouver sous ses pieds. Ce n'est pas son obsession qui hante le plus l'obsédé, mais son évanescence. L'obsession lui tenait compagnie, lui servait d'être de remplacement. Mais voilà qu'au milieu de la nuit, pendant qu'il se distrait, l'obsédé se rappelle son destin, *au lointain*. L'obsession n'est plus là, elle est au loin, elle était là, bientôt elle sera là, mais en attendant son retour, l'obsédé n'est plus rien, il est libre. Une peur atroce le saisit, un grand rire sauvage de fou : « Mais quelle importance, que d'histoires pour rien ! » C'est ce fatal instant de doute que l'obsédé craint par-dessus tout, de s'apercevoir qu'il est peut-être le complice et l'inventeur, du moins le mainteneur de son mal, de ce qui le ronge. Ainsi du maurrassisme têtu de Boutang. C'est le dernier lien qui le rattache au réel. Pour beaucoup d'écrivains, les jeux sont faits. Pourtant, on peut encore choisir ses folies, les diriger dans tel sens ou dans tel autre.

Contre Cau

Cette chronique que j'avais commencée, sitôt mon roman terminé, la voilà comme pétrifiée par l'article de Cau, sans doute ne verra-t-elle jamais le jour ou, si elle le voit, ce sera le petit jour glacial, posthume, d'un livre. Mes mots, mes phrases auront pris alors une raideur cadavérique. N'importe, il me faut vous répondre, Jean Cau, me coller à vous, suivant votre expression. Ça ne m'amuse guère, mais vous l'avez mérité. Et d'abord pourquoi cette entourloupette formelle ? m'écrire une lettre puis la métamorphoser en *note* ? Cette question est de pure rhétorique, vous et moi nous connaissons bien la cause de ce déguisement critique. Une *note* demandait du travail, des preuves, une argumentation, un semblant de lecture, des idées aussi, toutes choses que vous pratiquez peu ou dont vous êtes fort dépourvu. Dans une *note*, vous n'auriez pas pu vous permettre ce ton, la note *Temps modernes*, je la connais bien, j'en ai fait récemment l'analyse. C'est un peu comme la tragédie classique, certains mots y sont interdits, proscrits, et ceux-là mêmes que vous employez, ce mot *cul*, ce mot *pet*, ce mot *merdeux*, où s'expose avec éclat un des traits caractéristiques de votre nature, la vulgarité.

Bon, se dit le lecteur de bonne foi, nous savons pourquoi Cau n'a pas écrit une *vraie* note. Tout simplement parce que ce n'est pas si facile que cela et que l'injure et la grossièreté y sont difficilement tolérables. Tout ce beau raisonnement ne nous dit pas pourquoi Cau n'a pas écrit une vraie lettre. Parce que m'écrire une lettre, c'était risquer, si peu que ce soit, de me donner de l'importance, de me *gonfler*, c'était tolérer aussi que je puisse répondre. « Une lettre, une vraie lettre ? Des baffes que je lui donnerai, à ce galopin. » Permettez-moi, Cau, d'ôter une seconde mon chapeau, je ne m'en suis jamais laissé compter sur votre intelligence, et pourtant, cette petite saloperie montre quelque finesse. Vous reproche-t-on, par hasard, de trop vous occuper du personnage et pas assez des *Rats*, vous vous écriez alors : « Mais le roman ne vaut rien, et puis il s'agit d'une lettre. » Cet autre vous assure que vous avez été trop sévère envers les *Rats*, vous fait la remarque qu'il s'agit après tout du roman d'un ancien collaborateur, vous lui rétorquez tout aussitôt : « Mais le personnage, je le connais, est dégueulasse et puis il s'agit d'une *note*. » Cocher et cuisinier, mais toujours salaud, bravo. « Mais enfin, Cau n'a pas eu brusquement une crise de rage, pourquoi ce ton, cette violence, pourquoi ces injures, pourquoi même ce procédé que vous venez de dénoncer ? Il faut bien qu'il y ait une raison. Vous ne m'enlèverez pas de la tête... » Oui, il y en a une. Il fallait me discréditer par n'importe quel moyen afin de m'empêcher de nuire. Cau a maintenant le cœur gros, j'en suis sûr, il aurait certainement préféré m'envoyer ses vœux pour la nouvelle année, mais il le fallait, il le fallait. Car j'allais nuire, j'allais profiter du « capital moral » que j'avais frauduleusement entassé par le seul fait de m'être glissé aux *Temps modernes*, par le seul fait d'avoir écrit quelques articles dans cette revue, pour tourner en ridicule ces mêmes *Temps modernes*. Et ne me dites pas que je mérite quelque circonstance atténuante en souvenir de ces articles, s'ils sont bons, je n'en suis que plus traître, et s'il vous vient à l'esprit que j'ai plus de talent que Cau, détruisez cette herbe folle, car à qui se fier où donner de la tête, si le félon a plus de saveur que le fidèle, et même vous ne touchez pas le fond du problème, ce talent que vous m'accordez si légèrement, il est la preuve idéale de ma trahison ; sans talent, je n'aurais pas pu me glisser aux *Temps modernes*, sans talent je n'aurais pas risqué de nuire. « Ah ! dit Cau en s'arrachant les cheveux, oui, oui, il fallait y penser, c'était bête comme l'œuf, puisqu'il avait du talent, que pouvait-il venir faire parmi nous, sinon nous espionner ? »

L'esprit en éveil, sûr de son fait, le brigadier Cau se met à réfléchir. C'est son jour. Tout à l'heure, il méditait sur Napoléon*. Quelque chose encore le chiffonne : que j'eusse parlé sans tendresse d'écrivains dont je devrais raffoler. Mais notre Cau n'est pas Sartre, il ne s'en laisse pas conter, il ne juge pas les gens d'après ce qu'ils écrivent. « Voilà bientôt huit ans que je suis aux *Temps modernes*, moi qui suis loin d'être bête, ai-je jamais su parler de ces merdeux de droite ? » Alors ? Il a compris. « Pour en si bien parler, il faut qu'il en soit. » Cau n'a pas lu Pierre Nord pour rien. Comme tout indicateur qui se respecte, je donnais de vrais renseignements dans l'espoir d'obtenir les clefs des *Temps modernes*. Mais Cau est là, Cau veille, c'est l'oie-maison. Avec quarante lignes, il me pulvérisera. Et comme c'est un fier tempérament et qu'il lui

---

* Cf. *Les Temps modernes*, décembre 1953.

reste dix lignes de verve, sans effort, il tondra le petit Nimier. Napoléon, Frank, Nimier, voilà qui mérite récompense. Pour Cau, on inventa un comité de rédaction « restreint » de trois membres, un « Comité de guerre » dont il fut. Je plaisante, hein ? Je suis bien mal vos conseils ? Il s'agissait de vieillir et j'ai la faiblesse de vous prendre au sérieux. Mais c'est un fait. Vous m'avez traité comme un communiste aurait eu quelque peine à traiter un déviationniste. Si vous étiez communiste, je ne vous répondrais pas, je savais à quoi je m'engageais. Maintenant, il s'agirait de payer en silence et tant pis pour mes raisons. Mais vous n'êtes pas communiste, vous n'êtes même pas plus près que moi du parti communiste – inutile de prendre votre règle –, nous sommes bien d'accord (du moins, je l'espère) sur la guerre d'Indochine, la paix ; nous sommes bien d'accord que la gauche restera un mythe tant qu'on en exclura les communistes, oui, là-dessus nous marchons la main dans la main. Figurez-vous que c'est même la raison qui me faisait écrire aux *Temps modernes* plutôt qu'à *La Table ronde*. Aussi, je vous en prie, ne mélangez pas tout et laissez tranquille la gauche ou la droite quand vous m'injuriez. C'est un vilain tour que vous jouez à l'histoire de vous en servir à tout bout de champ comme d'un bouclier. Un dernier conseil : ne prenez pas Simone de Beauvoir, ou Jeanson, ou Pouillon ou Sartre à témoin de vos malheurs. Ils ont, j'en suis sûr, des tas de choses à faire. Après tout, vous avez écrit votre article tout seul, comme un grand, vous en étiez même plutôt fier, vous exultiez, vous ne pouviez, paraît-il, vous empêcher de le fourrer dans les mains de tous vos amis, bon, eh bien ! maintenant, supportez-le encore une dernière fois. Dégustez-le, mais avec moi. Nous allons le relire ensemble, posément, calmement, sans nous fâcher, en nous étonnant parfois de ce trait plus sot qu'un autre, nous allons tâcher d'en rire. C'est tout ce que je puis faire.

« Vous êtes fatigant. Toujours là, à coller aux autres, à leur dégouliner dessus, le cul entre deux chaises et entre deux idées, toujours là, à farfouiller dans vos idées, à patauger dans vos complexes, à vous vautrer dans vos lectures, à jouer le fendant pour avoir *le plaisir* de vous faire contrer. Le triste, par-dessus le marché, c'est que votre roman ne vaut rien. Vous êtes trop farci de vous-même pour accoucher d'autre chose que de votre farce. Vous feriez mieux, à la rigueur, de tenir un journal intime. Vous y fourreriez tout, vous pourriez y mijoter dans votre jus, vous y appelleriez tous les gens par leur vrai nom. On publierait ça quand vous auriez l'âge de Léautaud. Cent volumes de potins mythomaniaques et de délices narcissistes et c'est le scandale à coup sûr. Vous n'avez pas le temps d'attendre, il faut que vous fassiez du bruit, n'importe quel bruit. On ne m'écoute pas ? Bon, je pète. C'est un pet, votre roman, un gros pet de cinq cent quarante pages. Pour sortir de vos prisons, pour briser votre morne monologue et faire toucher terre à vos délires vous croyez avoir trouvé une recette : entrelarder vos folies de tranches de réel. Et voici vos héros qui entre deux difficultés d'être passent leur temps à lire *L'Observateur*, *France-Soir*, *Combat*, *Les Temps modernes*, *Le Monde*, vont au cinéma voir, comme vous et moi, Rita Hayworth ou Lauren Bacall, fument des Craven, jouent au bridge, sortent du Montana, entrent au Flore, sont dans les secrets d'Edgar Faure, connaissent Sartre, n'aiment pas Stéphane, plaignent Bourdet, détestent Genet, et couchent en général avec des femmes. Le tout s'appelle Bernard Frank, est ou sera Marcel Proust, joue la lucidité et s'installe dans sa biographie imaginaire avec un aplomb terrifié. Je n'ai pas cent ans et je vous trouve jeune. Jeune mais gâteux. Vous avez ce gâtisme précoce des jeunes gens de droite qui s'ébrouent dans des idées mortes et remuent des grelots pendant que Malraux frappe le gong. Je crois que vous leur ressemblez et que vous avez ensemble *raté* quelque chose. Peut-être la guerre et les trois ou quatre années qui ont suivi la Libération ; eux parce qu'ils étaient des salauds, vous parce que vous étiez trop jeune. De 44 à 49, ils boudaient, vous lisiez. En 53, vous parlez en même temps et vos voix se ressemblent. En 53, vous et eux traînez fièrement comme un sabre de bois une *jeunesse* suspecte et qui n'excuse rien. Vous aviez – dans *Les Temps modernes* justement – assez bien parlé d'une bande de merdeux de droite qui s'amusent à flanquer leur jeunesse "insolente" dans les pattes de vieillards éberlués de se sentir revivre. Plus malin, vous visez plus jeune. Vous venez casser vos assiettes à *L'Observateur*, chez Sartre, dans le bureau d'Edgar Faure, au cocktail Gallimard. À vous tout seul, vous êtes un monôme d'étudiants. Si vous ne voulez pas qu'on hausse les épaules – lorsque vous défilez – sur 540 pages – interminablement –, dépêchez-vous de vieillir*. »

Quel était votre dessein ? Me ridiculiser. Rien à dire, il n'y a pas de sot projet. Mais comment me représentez-vous, sous quels traits me dépeignez-vous ? Vous ne vous perdez pas en nuances. Vous allez faire de moi le portrait que les autres – j'entends

---

* Cf. *Les Temps modernes*, décembre 1953.

ceux que j'ai décrits et analysés dans *Les Temps modernes* – seront le mieux à même de comprendre et d'apprécier. Modeste pour une fois, vous doutez de votre causticité, et vous recherchez tout de suite une complicité. Hé ma foi ! gentiment, sans vergogne, vous vous adressez aux « merdeux de droite ». Vous avez l'air de vouloir me parler, de me taper avec lassitude sur l'épaule, comme un grand frère excédé des fredaines du cadet, mais en réalité vous parlez à la cantonade. *Les Rats* ? Bernard Frank ? Peuh ! vous vous en fichez bien, hein ? Vous vous adressez *en fait* à Jacques Laurent, à Blondin, à Henriot, à Boutang, etc., vous leur glissez à l'oreille : « Souvenez-vous, les amis, souvenez-vous comme il vous embêtait, comme il collait à vous, souvenez-vous les comédies qu'il vous reprochait, c'est fini, on peut y aller, n'oubliez rien, rien surtout. » C'est beau la méfiance, c'est beau la peur, admirez où elle vous conduit, regardez ce qu'elle a fait de vous. Voilà que vous allez de porte en porte, que vous acceptez d'être l'homme à tout faire de ceux dont j'ai dénoncé les comédies. Quel travailleur, quel philanthrope ! Vous soupirez à leur place, vous haussez les épaules à leur place, vous avez contre moi leur fatigue *idéale*. Mais dites, vous êtes une merveilleuse pleureuse ! À Rome, on vous aurait payé très cher. Et pour qu'il n'y ait pas de défaillance, pas de défection, pour que tout le monde comprenne bien et soit pleinement d'accord, vous allez faire appel à cette passion que Sartre a jadis si bien décrite et que vous supposez régner dans le cœur de vos nouveaux alliés. C'est à peine une devinette : mais qui colle toujours aux autres ? Qui dégouline, qui est visqueux, qui rampe, qui se glisse, qui est vantard, hautain, suffisant, hâbleur, qui est toujours là où on ne voudrait pas qu'il soit, qui farfouille, qui cherche le scandale, qui est cet être insupportable ? Le juif. C'est incroyable, mais c'est comme ça. Vous, Cau, aux *Temps modernes*, n'hésitez pas pour satisfaire vos rancunes à me transformer en une sorte de Joanovici littéraire. Ne protestez pas, ne levez pas les bras au ciel, n'invoquez pas votre passé, vous savez aussi bien que moi – et par vos fonctions mieux sans doute – qu'un lâche ou un courageux n'est pas toujours forcément un lâche ou un courageux. Je vous le concède, votre antisémitisme[1] n'a pas l'allégresse d'*Aspects de la France* ou la franchise *gros rouge* de Rivarol, mais il n'est pas indigne – un bon point pour vous – de figurer à côté de celui d'un Robert Kanters, ce spécialiste de la vingtième année, tandis qu'il insiste plaisamment sur mes ignorances de « parvenu de la culture », ou d'un Claude Elsen, ce Belge qui a des idées sur les femmes, alors qu'il parle, avec cette autorité que le flamand seul confère, de mon sabir. Il y a plus drôle, vous avez tellement peur de ne pas vous faire comprendre que vous descendez d'un cran trop bas, vous employez alors des mots que j'aurais du mal à trouver sous la plume d'Émile Henriot, que l'on n'emploie même plus dans le courrier du cœur de Mme Ségal, vous n'hésitez pas à parler de mes « complexes », vous laissez entendre que je suis « bien compliqué », tout le temps fourré dans de « gros livres ». Mon Dieu ! vous vous êtes trompé de public, il ne s'agit plus de séduire Laurent ou Arland, mais c'est bel et bien les fillettes que vous voulez faire glousser à mes dépens. Je ne sais si vous y réussirez, j'ignore le nombre de fillettes qui se pâment des *Temps modernes*, je ne vous cacherai pas pourtant que je vous préfère cascadeur, toujours le mot pour rire, un rien don Juan, plutôt que garde-chiourme. Car me ridiculiser ne vous suffit pas, il faut que vous m'enfermiez, pour votre repos et celui du prochain. Jadis vous étiez rigolard, maintenant majestueux, sans merci. « La cour, Messieurs. » Vous rendez votre arrêt : « Attendu que le sieur Bernard Frank est un misérable, attendu que son roman ne vaut rien, nous le condamnons à rester dans son ghetto littéraire, le Journal intime, pour la vie. » C'est ça ou rien d'autre. Que je ne m'avise pas de mettre le nez dehors, d'écrire par exemple des poèmes, des pamphlets, des pièces de théâtre, d'autres romans, des essais, ou alors, gare aux miradors, gare aux chiens, gare à Cau. Je dois même m'estimer plutôt satisfait de mon sort. Comme tous les bourreaux, vous avez une sorte d'humour involontaire, cet humour que David Rousset recueillit jadis dans un petit livre intitulé : *Le pitre ne rit pas.* Après tout, cette condamnation, ce ghetto, c'est presque un bienfait des dieux. Je pourrais m'en donner à cœur joie. Si j'ose dire, je serais *entre nous.* J'invente ? J'extrapole ? Hélas ! reniflez-vous ? « Vous pourriez y mijoter dans votre jus, vous y fourreriez tout. » Le vrai, c'est que vous vous sentez humain, que vous avez l'impression d'avoir réglé une question délicate avec le maximum de tact, vous êtes un peu rude, sans doute, mais vous savez bien que la manière rude, l'absence de chichis, pour certaines natures, c'est le meilleur remède. Vous faites pour le mieux. Si je n'étais pas ce que je suis, je vous devrais une sorte de reconnaissance, car cette pourriture littéraire, cette chose sale et grouillante, cette vermine pleine de poux, vous avez la bonté suprême de lui laisser ouverte une petite porte : à quatre-vingts ans, « on publierait ça ». J'admire ce *ça*, ces pincettes de grand seigneur, ce geste de la main. Quoi, dans vos châteaux, vos écuries, vous, seigneur du Cau, vous accepteriez de me recevoir, vous écririez un mot en ma faveur aux éditeurs de Paris ? C'en est trop. Le vieillard que je suis devenu en pensée, succombe sous l'émotion. Il me faut mourir après l'annonce d'une telle grâce, mourir en vous bénissant. Non, vous n'êtes pas si bon. Le journal intime, vous me l'accordez « à la rigueur ». Imaginons un instant que j'aie le malheur de vous déplaire un peu plus que je ne vous déplais déjà, peut-être m'enlèverez-vous cette dernière redoute, rasé alors mon bel asile. Que faire, que devenir, où aller ? « Dépêchez-vous de vieillir. » J'ai compris, tenez, inutile de mettre les points sur les i. En véritable ami, vous ne m'avez rien caché de mon état et, avant de disparaître, vous avez posé sur ma table l'objet qui abrégera mes souffrances.

Le traître se retrouve seul dans son appartement glacé. Il grimace devant sa glace un pauvre sourire. D'une main moite, il s'empare de l'objet et le porte à sa tempe. Fin. Revenez, je n'en ai pas fini avec vous. Résumons-nous. Vous avez d'abord mis les rieurs avec vous en vous contentant tout simplement de révéler ce que j'étais : un juif dans la littérature, avec ses défauts, ses abominables défauts. Je sais, vous n'avez pas employé le mot, mais vous, vous n'êtes pas comme moi, vous n'êtes pas juif, vous descendez de Racine, aussi vous pratiquez la litote. C'est la partie négative de votre article. Mais vous n'avez pas lu Sartre pour rien : dans tout mal, il y a un remède, du moins il y a une façon de tirer parti de ce mal. Que peut faire un rongeur, une vermine ? Grignoter, salir ses contemporains, bref, écrire son journal intime. C'est ce que j'aurais dû faire. Mais si j'avais fait ce que j'aurais dû faire, je serais un autre. Voilà où nous en sommes. Oui, se demande Cau, pourquoi a-t-il écrit un roman ? Au cinéma, il y a toujours des farceurs qui achètent des esquimaux Gervais. Ils soufflent dans l'enveloppe et, quand elle est bien gonflée, avec les deux mains, il la font péter. Leurs voisins sursautent et nos farceurs sont heureux. Je suis l'un de ces farceurs. Seulement moi, je n'aime pas l'esquimau, et je me sers du roman pour mes petites distractions personnelles. De toute façon, Cau, je vous remercie. Jusqu'à maintenant, vous étiez spirituel, sarcastique, vous jouiez avec moi comme le chat avec la souris. C'était de mon cul qu'il s'agissait, de mes lectures, de la répulsion que vous éprouviez à l'égard de ma personne, de ce que je devrais écrire, de tout sauf des *Rats*. Je ne vous blâme pas. Je comprends trop ce que vous avez voulu faire : une excursion dans la drôlerie, un détour au pays de la verve. On lisait un peu partout que *Les Temps modernes* étaient une solide revue, bien documentée, aux nourritures riches, mais un peu lourdes. Vous n'aimez pas les légendes ni les mythes, vous avez raison, et tout en prenant bien soin du regard de l'intelligence, vous n'avez pas hésité à minauder avec le pétillant esprit de Paris. Je vous laisse le temps de vous éponger le front et puis nous passerons à la critique des *Rats*. Je ne vous cacherai pas que, le cœur battant, je m'étais enfoncé dans un fauteuil club. On allait voir du beau spectacle. J'aurais voulu qu'il y ait foule autour de moi. L'esprit, l'ironie, bien sûr vous savez vous en servir, mais avec cette réticence, cette maussaderie que manifeste tel restaurateur célèbre pour ses crustacés et ses poissons, lorsqu'un étourdi lui commande un steack aux pommes. Mais maintenant il ne s'agissait plus d'exotisme, vous étiez chez vous. La fameuse critique du roman a rendu enfin les messieurs des *Temps modernes* universellement célèbres, dans le monde entier. C'est *votre* spécialité avec le retard d'un an dans le commentaire politique. Aussi je ne m'en faisais pas. Vous pouviez bien me louer ou me blâmer, j'étais aux anges. Pour être tout à fait véridique, je vous dirai que cette indifférence n'était pas sans arrière-pensée. Je n'ai jamais très bien fait la distinction entre vos compliments et vos reproches. Il m'avait semblé que vous employiez les mêmes mots dans l'un et l'autre cas et que, de quelque manière que l'on s'y prît, le romancier était truqueur et l'œuvre de mauvaise foi. « La voilà, me disais-je en me frottant les mains, la critique tant attendue. Il ne s'agira pas d'un résumé de mon livre comme j'aurais pu le trouver sous la plume d'Henriot, on ne m'ennuiera pas avec la psychologie de mes personnages, mes tours seront l'un après l'autre démontés. Ah ! là, là, qu'est-ce que je ne verrai pas ! » Suffit, je vous laisse la parole : « Votre roman ne vaut rien. » Qui donc parlait de litote tout à l'heure ? Mais je ne me plaignais pas trop. J'étais *groggy*, mais fier. On me connaissait, on savait que je n'avais aucun goût pour les articles de complaisance. C'était un hommage implicite que me rendait Cau par cette phrase sans recours. On était loin de cette copinerie douteuse que j'avais dénoncée comme régnant dans *La Parisienne*. Sartre ne m'avait pas caché, à la belle époque, qu'il avait un soupçon d'estime pour la *Géographie universelle*. Ce compliment m'avait suffi. À la réflexion, ce fut une chance qu'il m'eût suffi, car le compliment n'avait pas dépassé mes oreilles. On aurait été au désespoir d'outrager ma pudeur. Mais, quand il s'agira de me fustiger, ces messieurs des *Temps modernes* retrouveront leurs jambes de vingt ans. On les disait apathiques, moroses, bougons, toujours en retard d'un siècle ou d'une injustice, ah ! ouiche, regardez-les : ils jacassaient, ils riaient, ils s'embrassaient. C'était à qui se disputerait le plaisir de me donner la discipline. Un connaisseur m'assurait : « On ne les voit aussi fanfarons qu'une fois l'an, quand ils ont décidé de mettre à mort un ancien compagnon. C'est une vraie mue, monsieur, et je ne donnerais pas ma loge pour tout l'or du monde. »

La dispute régnait, mais Cau sut faire valoir ses droits : il avait souffert mes téléphones, il m'avait ouvert la porte, il me connaissait donc. Et puis, oui ou non, n'était-il pas le drôle, le comique de la bande ? Cau fit donc fuser la phrase royale qui arrête la discussion, coupe mes espoirs comme la faux les épis de blé. Mais il ne recule pas pour autant devant la preuve. Il m'a livré dans un premier mouvement sa pensée, maintenant, bon bougre, il va l'expliciter. Pour mieux le comprendre, reprenons l'image du flic tout à l'heure suscitée, elle devrait nous servir. Cau est un flic mais un de ces flics anglais de province – le brigadier Beef de *Case Without a Corpse* –, circonspect, lent d'esprit, rougeaud de face, mais singulièrement tenace. Il ne paie pas de mine, fait rire par ses méthodes désuètes, mais au dernier chapitre, ridiculise les futés de Scotland Yard en arrêtant le coupable. Devant notre étonnement – sapristi, ce lourdaud-là aurait-il raison ? – il a le sourire calme de la campagne anglaise. Les premières phrases n'ont rien de convaincant, mais on s'aperçoit généralement qu'elles étaient nécessaires. Après tout, la vérité peut être terne. Cau me déçoit quand il énonce : « Vous êtes trop farci de vous-même pour accoucher d'autre chose que de votre farce », car je crains de reconnaître ces proverbes de bonne compagnie qui font les sujets de baccalauréat : « Pour écrire un roman, il faut être objectif », ou : « Le roman exige une certaine distance entre l'auteur et ses personnages », ou encore : « Qui est trop occupé par soi-même risque de ne pas posséder cette générosité qu'exige le roman », et auxquels je serais dans l'obligation de répondre sur le même ton par : « Un peu de subjectivité éloigne du roman, beaucoup y ramène », ou : « Madame Bovary, c'est moi », ou : « Les grands romanciers ont enduit le monde de leur farce », ce qui permettrait à Cau de me répliquer : « Il y a farce et farce. Et quand elle se nomme Faulkner, Balzac ou Cau, je l'aime : mais quand elle s'appelle Frank, je la mets au cabinet », et nous en resterions là, car, avec moi, qui fait la bête a parfois le dernier mot. Cau me déçoit, mais, qui sait, cette déception fait peut-être partie de son plan, c'est elle qui rendra plus sensible son triomphe. La souligner, n'est-ce pas m'enfoncer ? Pourtant, j'ai un peu l'impression que nous tournons en rond et que ce que Cau nous chante là, c'est la fameuse vertu dormitive de l'opium. Voilà qui serait assez dans sa manière. Chacun sait que nous lui devons : « Tout ce qu'on peut dire sur une barre, c'est que c'est une barre. » C'est là son *cogito* et j'en suis le cobaye : « Tout ce qu'on peut dire sur ce mauvais roman, c'est que c'est un mauvais roman. » C'est même plus navrant que cela, c'est positivement sans appel : « Tout ce qu'on peut dire d'un roman de Frank, c'est que ça ne peut être qu'un roman de Frank. » Cau n'a rien contre le roman, il s'entendrait plutôt bien avec lui*, ce n'est pas le roman qui est le Mal, mais cette monstruosité, cet assemblage contre

---

* Il en a écrit un dont ni moi ni aucune de mes relations consultées n'arrive à se rappeler le titre.

nature et qui se nomme roman (de) Frank. Maintenant, la seule chose qui resterait à faire, c'est de nous en aller vers nos maisons bras dessus bras dessous, en maudissant l'implacable Fatalité. Mais Cau me connaît. Il sait comme je suis têtu, poissant : voyez ma politesse. Il m'a tout dit, il m'en dira encore, puisque j'y tiens. Bref, mon roman est un pet. Voulez-vous un détail : « un gros pet ». Mais notre homme est lancé – stupeur dans la foule : Buster Keaton rit –, Cau parle : « Vous croyez avoir trouvé une recette : entrelarder vos folies de tranches de réel. » Je vous en prie, ne dites pas alors : « Mais cette recette est heureuse », ou : « Mais que faisaient d'autre Stendhal et ces romanciers dont nous nous régalons chaque matin », car, croyant me défendre, vous ne feriez qu'avouer que vous n'avez rien compris à l'argumentation de Cau, et – merci quand même – il pourrait légitimement éclater de rire. Comprenez-le : Cau ne cherche plus des preuves, il gambade, s'amuse, fait flèche de tout détail. Ce n'est plus un chien qui renifle à la trace, c'est un homme arrivé qui a pignon sur rue. Je vous le répète : il n'essaie plus de prouver que mon roman est médiocre, il l'a prouvé sans appel, en disant que c'était *mon* roman. L'être de mon roman étant ce qu'il est, comment voulez-vous que ses attributs ne soient pas frappés du même mal ? Quand vous apprenez que ce voisin est un tuberculeux notoire, cette euphorie, cette rougeur furtive, cette parole saccadée, dont vous imaginez mal la cause, prennent tout leur sens. Ce n'est plus de l'euphorie, ce n'est plus de la rougeur, ce n'est plus de la parole, c'est de la tuberculose. On ne compose pas avec le Mal.

Vous aviez peur, hein ? Vous commenciez à douter de Cau ? Vous vous demandiez où Sartre avait pu mettre son sens critique, son intelligence, oui, comment avait-il pu tolérer pareil article ? Était-il en Italie ? au Sahara ? Était-ce son traité de morale ? Dormait-il ? Vous vous disiez : mais pourquoi diable serait-ce un crime de lire *L'Observateur* ? Quelle est cette Table des Lois romanesques qui veut que les héros d'un livre ne puissent aller au cinéma ? Pourquoi les pauvres, sous peine d'être déchus de leur titre, n'aurait-ils pas le droit de fumer des Craven ? de coucher avec des femmes ? Une sorte de vertige vous prenait : mais quel rapport Cau établit-il entre un roman et le fait d'avoir le cul entre deux chaises ? Admettons que ce Frank, lorsqu'il est en pantoufles, farfouille dans ses idées, se vautre dans ses lectures (si Cau a raison, quel curieux monstre, car si on remplace ces deux verbes à la Tacite par deux verbes de tous les jours, on obtient le résultat suivant : qu'il cherche des idées (ou qu'il classe ses idées) (ou qu'il met au point ses idées) et qu'il lit beaucoup. Voilà deux activités qui remplissent d'horreur l'écrivain Cau), admettons le pire : qu'il déteste Rita Hayworth, qu'il aille voir Sartre au cinéma, qu'il n'aime pas les épinards, qu'il ait les oreilles trop grandes, une légère déviation de la colonne vertébrale, qu'il préfère le Flore aux Deux-Magots, les rousses aux brunes, Stéphane à Bourdet (ou Bourdet à Stéphane), les petits garçons de six ans aux petits garçons de dix ans, bref, qu'il ait des goûts et des couleurs, qu'est-ce que cela prouve donc ? que Cau est une commère ? Bien sûr, mais il s'agissait des *Rats*. Bien sûr, mais cela n'est pas, il s'agissait d'un cauchemar atroce, et je vous ai fait assez saisir que Cau peut se permettre de dire n'importe quoi, puisque, dans son système, tout détail est une preuve, tout détail est une émanation de la gangrène centrale.

Servez-vous de mon fil conducteur autant de fois que vous voudrez et vous verrez, tout sera clair. Vous ne vous casserez plus la tête à force de vous demander pourquoi « être dans les secrets d'Edgar Faure » ou « jouer au bridge » est antiromanesque. Pour Cau, le bridge, Edgar Faure ne sont rien, des chimères, plus exactement « le tout s'appelle Bernard Frank ». Mon procédé est clair : je me déguise tantôt en président du Conseil, tantôt en pique, en cœur, en carreau, en trèfle, en sans atout. Mais chaque fois – pas de chance – Cau m'arrache ma barbe postiche et dit : « Coucou, je le tiens. » Le reste est détail, Cau peut même pousser la distraction jusqu'à mentir délibérément et affirmer par exemple que : « je déteste Genet ». Et pourquoi le détesterais-je ? par jalousie ? parce que Genet passe pour antisémite parce qu'il est pédéraste ? voleur ? Je reviendrai sur cette histoire quand je parlerai de moi[2], car elle fait partie de cette psychanalyse de classe enfantine que Cau m'inflige. Mais avant, comme un écolier docile, il nous faut terminer l'étude du troisième et dernier mouvement de la dialectique cauienne : la *perspective historique*. Depuis longtemps Cau désirait s'en servir. Il s'était rendu sans succès au bazar de la critique pour s'en acheter une. La grenouille se gonfle : il va pouvoir me *situer*. Il procède à quelques exercices préliminaires d'assouplissement : il observe Sartre, Blanchot, les grands critiques et, dans sa chambre, le soir, devant une glace, inlassablement, il refait les gestes qu'il a vu faire. Un petit pas en arrière, un petit pas en avant. Un jour son cœur bat : il croit pouvoir se risquer tout seul, aux yeux de tous. N'oublions rien, se dit-il, et il se remémore : un écrivain est d'abord une individualité. Il faut que je trouve un trait, puis un autre trait, quatre traits

suffiront bien. Plus, ce serait gaspiller ma belle boîte
de couleurs. Mais un écrivain est aussi un milieu.
Frank est Frank, mais Frank se rattache à un groupe, à
une époque. Un individu n'est rien sans son contexte
historique. Et les phrases viennent, miraculeuses : « Je
crois que vous leur ressemblez (aux jeunes gens de
droite) et que vous avez ensemble *raté* quelque
chose. » Cau est pivoine. Il cligne de l'œil : son petit
tableau fait de l'effet. « Ne nous emballons pas, ce
n'est pas encore la grande perspective sartrienne mais,
primo, le sujet ne l'exigeait pas et puis, je ne suis
qu'un débutant. D'ailleurs, Sartre, à mon avis, voit
trop grand ; avec lui, on finit par ne plus rien distin-
guer. Tandis que moi, j'ai de la mesure et je ne dila-
pide pas ma saveur. » Quelque chose surtout enchante
notre Cau, c'est d'avoir souligné le mot raté. Il s'était
bien aperçu, en jetant un coup d'œil sur la copie du
voisin, que, pour être à la page, pour faire chic, il
fallait, toutes les vingt lignes, écraser un mot. Mais
lequel ? Cau, pour son plaisir, répète : « Vous avez
ensemble *raté* quelque chose. » Il ne se sent plus
terrible, vengeur, subitement il est triste, nostalgique,
il dodeline de la tête : « C'est bien vrai, ce que je dis
là, ce pauvre Frank, il n'a pas eu de chance, il a raté
quelque chose. » Cau pleure. Sa morgue l'a quitté. Son
corps est d'une écœurante douceur. C'est bien joli de
s'attendrir, mais l'article n'est pas terminé. Qu'est-ce
que Frank a bien pu rater ? Il avait quel âge, cet imbécile, en 1939 ? Cau compulse les dossiers secrets de la
revue. Frank avait neuf ans. « J'ai trouvé : *il a raté la
guerre*. Ajoutons une rallonge : *et les trois ou quatre
années qui ont suivi la Libération.* » Une fois de plus,
je dois remercier Cau. Il aurait pu être encore plus
méchant. Il aurait pu affirmer, par exemple, qu'avoir

huit ans au moment de Munich, c'était une façon d'approuver Munich, qu'avoir six ans en 1936, c'était une manière comme une autre de ne pas aider les gouvernementaux espagnols, qu'avoir trois ans en 1933, c'était dire oui à Hitler, que de ne pas être né en 1928, c'était une façon assez habile de se désintéresser du monde.

Oui, je suis de mauvaise foi, oui, mon ironie est lourde, mais comment ne pas grincer des dents devant qui vous débite, fièrement, calmement, d'effarantes âneries ? Et il ne s'est trouvé personne aux *Temps modernes* pour vous demander gentiment de recommencer cet article ? C'est là où vous gagnez du reste. Sans appel. Rien ne pourra empêcher ce contentement unanime. Il fallait donc que Sartre m'en voulût fort, car je vous le dis sans plaisir, si jamais je m'étais permis de lui présenter un tel article où l'on ne sait trop si c'est l'absence d'idées, la vulgarité ou le manque de brio qui l'emporte, je sais bien ce qu'il aurait dit et je ne crois pas qu'il aurait eu tort.

Je sais, l'entreprise est insensée et la démarche à rebours du sens commun. À qui vous insulte en quarante lignes, on ne répond pas par un livre. On me souffle : « C'est lui faire trop d'honneur, c'est s'avouer touché. » Il serait de bon ton alors de ricaner, de hausser les épaules, d'attendre que le temps, une nouvelle exécution aient brouillé le sens des mots. Mais qui m'a lu, une fois seulement, sait assez que je me moque du bon ton. Le bon ton, je l'abandonne à ceux pour qui la littérature n'est qu'un passe-temps ou une vitrine. Oui, si l'on considère que la littérature n'est tout au plus que quelques tasses de porcelaine, il faut prendre des précautions, il n'y a aucune raison de les casser. On s'imagine assez quelle est ma réponse.

Pourquoi nierais-je donc que j'ai été touché ? Après tout, il me semble que lorsqu'on fait commerce de la bonne foi, de l'honnêteté, de la rigueur, de la gauche, de la morale, on sait sans doute ce que parler veut dire, et si je ne prenais pas au sérieux cette parole qui me vient du pays même du sérieux, quelle parole pourrais-je jamais prendre au sérieux ? Pourquoi la grossièreté d'une argumentation en affadirait-elle à mes yeux le sens et la portée ?

Il est possible que Cau se soit montré maladroit, qu'en voulant m'atteindre, il ait fait sauter la maison d'à côté, mais ce qui importe, ce n'est pas sa réussite, mais ses intentions. En épongeant les implications de son article, je crois avoir assez prouvé sa totale volonté de me nuire. Sur quelque face qu'il me retournât, j'étais non récupérable. Le personnage ? ridicule. Le roman ? de la merde. L'écrivain ? de droite. Et même, cet ignoble ton, cette sorte de tutoiement critique – sous-entendu : le Frank, je le connais comme ma poche, si je voulais, qu'est-ce que je ne pourrais pas dire de lui ? –, cette main qui s'avance pour me toucher et qui me donne une si forte envie de me saisir d'une règle afin que Cau apprenne une fois pour toutes à garder ses distances, oui, tout cela n'avait d'autre but que de se prévaloir aux yeux des lecteurs des *Temps modernes* d'une fausse intimité qui aurait été la preuve par neuf de la fraîche véracité de ses affirmations.

Et puis, qui pouvait me défendre ? Le moment était bien choisi. Ne venais-je pas, aux *Temps modernes*, d'écrire une série d'articles [3] qui avait eu ce mérite dans la cité des Lettres de créer une sorte de petit « Front National » à mon usage ? Sans doute, ici et là, on m'avait jeté quelques fleurs, mais n'était-ce pas le plus sage en attendant mes faux pas ? Jacques Laurent, par exemple, ne claironnait-il pas un peu partout que « tout ce qui est talent est nôtre » ? Je ne pouvais donc être son adversaire. C'était une apparence, un faux-semblant. Bien plutôt, j'étais une sorte de colonie grecque installée dans cet affreux bosphore. Le jour où j'en aurais assez, il fallait que je le susse, au pays, un comité d'accueil, des roses et des épices m'attendaient. L'éloge multipliait les avantages. Il métamorphosait Jacques Laurent en galant homme. Il aggravait « la vigilance républicaine » de la clique des comitards dont la seule spécificité à la revue était de vérifier si le ton « des nouveaux » se rapprochait bien du mètre étalon introuvable dont ils se targuaient d'être les seuls à connaître l'emplacement. Ces compliments de l'étranger leur semblaient des preuves irréfutables de ma culpabilité. L'éloge risquait enfin de me tourner la tête et que, grisé par le succès, comme une coquette, je ne supportasse plus qu'avec difficulté les réprimandes des « vieux raseurs » de mon bord et que j'allasse faire la fête dans une de ces maisons dont la vue seule fait tressaillir l'austère Jeanson et l'honnête Pouillon.

Malgré ces caresses qui me plurent fort – et je vais dire pourquoi – je restais scrupuleusement et même agressivement fidèle aux *Temps modernes*. J'avais à cela quelque mérite, car j'ai tendance à beaucoup pardonner, à trouver mille qualités à qui me loue, et puis ces gentillesses de l'*ennemi* renflouaient une de ces attitudes royales qui me furent longtemps chères et que j'ai décrites avec complaisance dans la *Géographie universelle*. On peut parler de comédie et s'indigner. Il me semble pourtant que ce sont les comédies [4] qui rendent l'existence plaisante et ce n'est pas de les susciter ou d'en jouer qui est grave, mais de ne plus savoir les maîtriser. Mes fêtes restèrent solitaires, mais rien n'y fit, j'étais coupable puisque je pouvais l'être. Ainsi les vieux pères nobles de l'Odéon ne décolèrent pas contre les jeunes acteurs froufroutants de la Comédie-Française qui se voient proposer des rôles dans des films ou ailleurs. « La tragédie se meurt », gémissent ces vieilles taupes. Et nos jeunes gens ont beau jurer que la seule idée de jouer Rodrigue sur la première scène du monde suffit à emplir leurs journées de bonheur, ce sont des traîtres, puisqu'ils ne sont malheureusement pas condamnés à la médiocrité. J'avais beau donc surveiller ma tenue, avoir la vigilance un peu sotte du nouveau, de celui qui ne réside pas au château, mais que l'on a pris *à l'essai*, les absences de preuves se succédèrent pour m'accabler. Dès le premier article l'euphorie régna : « Ce n'est pas sérieux. *Les Temps modernes* ont un passé. N'oublions pas que nous sommes la revue de Merleau-Ponty, de Lévêque, de Lejeune, de Dupuy, de Trouadec, de Chabaron, de Poirier, de Jeanson. Que va penser notre fidèle clientèle ? »

L'excellent Lebar, dans *L'Observateur, vigilant* notoire, s'inquiétait de tant de talent dilapidé à se regarder dans des glaces : sa vie et ses œuvres répondaient assez de son sens de l'économie. Une dame de la radio, en rentrant du travail, chaque soir, mettait la main à un pamphlet contre moi destiné qu'elle envoya à la Revue. « Dommage, dit Cau pour me mettre à l'aise, on ne le publiera pas finalement, il est vraiment trop mauvais. » Sartre fut parfait. Il me défendait contre tous en me dévissant. « C'est un drôle, mais j'en sais le mode d'emploi. » J'étais un bien pittoresque personnage. Au second article, la vieille garde se concerta. Je ne sais plus qui proposa de changer de slogan. Ils avaient dit jusqu'alors : « Ce n'est pas sérieux », à partir d'aujourd'hui ils essaieraient le : « Ce n'est plus drôle. » Le jour du grand conseil, Cau prit la parole : « Moi, je trouve qu'il se répète. L'idée était peut-être astucieuse, mais il l'exploite. » Chacun applaudit. On proposa une suspension de séance. Pendant l'entracte, Cau se mit à lire l'ensemble de ses articles critiques. J'eus l'imprudence, au point où en étaient les choses, de partir en vacances et de remettre au mois de novembre 1953 l'envie d'écrire un article. A-t-il du moins sollicité sa mise en congé ? s'inquiéta le gérant. Je n'étais pas encore traître, mais déserteur. Sartre même n'apprécia pas du tout ce genre. Son indulgence à mon égard s'évaporait : « Quand on a la chronique littéraire des *Temps modernes* et surtout quand on n'est pas encore titularisé, on reste à Paris. Même l'été », disait-il à Simone de Beauvoir, tandis qu'il humait près de La Haye dans un champ blême une des fameuses tulipes de Hollande. Mais Cau, lui, était resté à Paris comme dix et travaillait. À la rentrée j'étais un homme perdu : j'avais écrit deux fois dans *Arts* et l'on avait découvert dans *Paris-Presse* un ou deux échos sur moi. Des phrases chantantes s'envolèrent dans la plus grande confusion : « Il a écrit tout le temps. Partout, n'importe où, n'importe quoi. C'est incroyable. C'est insupportable. Nous sommes déshonorés. »

L'écho de *Paris-Presse* retenait toutes les attentions. On se le passait de main en main avec d'infinies précautions. Pouillon n'en avait jamais vu. Pontalis croyait bien se rappeler qu'il en avait eu un, mais c'était il y a dix ans. Cau se moucha : « D'abord les vrais écrivains se moquent de la publicité, ils n'ont pas d'écho. » « Il y a écho et écho », ajouta-t-il précipitamment, tandis que Sartre regardait une mouche.

Bref j'étais le Nimier de gauche.

Ah ! quel triste spectacle pour un homme de cœur de me voir m'essouffler à courir après ces géants de la plume, ces princes de l'intelligence, comme dirait Briquet-Parinaud, qu'étaient un Marceau, un Nimier, un Laurent ? Quelle gaucherie dans mon imitation ! Dieu merci, je ne trompais personne. Je répétais, sans la grâce, ces beaux chefs-d'œuvre de jadis, *Mademoiselle de Paris* de Cecil Saint-Laurent, *Histoire d'un amour* de Roger de La Fayette, *L'Humeur vagabonde* d'Antoine Giraudoux le Bien-Aimé, le *Dieu pâle* de Michel Boylesve.

Vous avez lu Nimier ? Oui ? Non ? Aucune importance. Excellent jeune homme. Son âme est traversée de zébrures de feu. Il a des colères terribles. C'est un grand. Il a des mots qui tuent. Le moins possible. Il écrit dans *Elle* pour se calmer. Enfin il a lu Chardonne. Vous savez ? ce fameux potager, cet amateur de choses exquises ? les femmes, le porto, le reflet de la lune sur la Seine, une certaine place de Venise à onze heures vingt-cinq, le silence de l'Angoumois, l'aile droite du nez d'une jeune Américaine. Il raffole d'Aymé et de son rire *grinçant*. Cet Aymé, si modeste, si à l'écart de toute mode, si peu écrivain, qu'on ne rencontre jamais aux cocktails, qui ne lit pas de journaux, qui s'intéresse plus à la pétanque et au pastis qu'au sort – Dieu lui pardonne – des Zoulous ou des Birmans, qui n'envoie pas de pétition au président Li-Fi-Cho, qui a le suprême démodé d'écrire des romans savoureux et qui se vendent. Pardi, la chose est trop belle, trop rare et mérite d'être notée. Et puis, quel satiriste, c'est notre Molière. Comment qu'il a su leur parler à nos juges, leur frotter le nez dans ce que je pense, toute la bonne bourgeoisie parisienne si naturellement frondeuse s'en est tapé les cuisses d'aise. Hein ? Hein ? C'était dit, lancé, on en avait pour son argent, les places de théâtre sont si chères. Quel Gaulois ! quel gaillard ! Ce n'était pas du Kafka, ni de la philosophaille, ni du jargon, ni du Don, ni des Karpates, mais bel et bien la bonne langue de Chrysale, c'était l'Aurore enfin, l'Aurore aux doigts de rose, l'Aurore de la bande à Bony, Boussac, Lazurick.

Cette légende enchantait Cau. En m'attaquant, quels risques pouvait-il encourir ? Ou je me taisais et tout était parfait, ou, fou de rage, je vautrais ma réponse dans *La Parisienne* et, ainsi, je justifiais ces attaques. Étais-je un écrivain de droite ? peu importe, puisque j'allais le devenir. Mon futur justifierait ses plus sordides hypothèses. Comment expliquer ce comportement ? Éliminons les raisons personnelles, les questions de « peau ». Sans doute ont-elles leur importance, mais la dépression qu'il y a à les évoquer est plus sinistrement contagieuse que la vérité qui s'en dégage. Il faut dire, ici, un mot, de cette rage[5] de l'écrivain de gauche à suspecter la gauche du voisin. Je crois qu'aucun d'entre nous n'échappe complètement à cette manie. C'est que, de nos jours, la bonne foi politique est chose trouble, mouvante, toujours recommencée. L'écrivain de droite divinise la moindre de ses humeurs, le communiste a la chance d'avoir une carte qui lui sert parfois de garde-fou, mais l'écrivain de gauche n'est fort souvent un écrivain de gauche que dans la mesure où il fait *exister* sa gauche aux dépens d'un autre écrivain de gauche. La gauche d'un écrivain de gauche, c'est cet écrivain de gauche qu'il sacrifie sur l'autel de la gauche. On se souvient des difficultés que Sartre a eues à établir des rapports normaux avec les communistes. Quelle étonnante gymnastique pour y parvenir ! Depuis *Les Communistes et la paix*, depuis certaines brouilles retentissantes, c'est presque chose faite. La vieille garde, non décimée, des *Temps modernes*, s'est regardée, émerveillée, stupéfaite. Le « patron » avait bien travaillé. À lui tout seul, il avait hissé toute la revue jusqu'au haut de la tour. Mais comme cette tour était étroite ! Et, dans un sens, comme il était plaisant qu'elle le fût ! La gauche, la vraie *gauche* avait tous les prestiges d'un club. Les oisifs des *Temps modernes* – et Cau en était un fameux – ne songèrent plus qu'à une chose : réduire le choix des élus. Grâce à Sartre ils s'étaient trouvé une occupation, un métier : du haut de la tour, ils seraient les douaniers de la gauche et contraindraient amis ou ennemis à montrer leur passeport de bonne foi. Pour un oui ou un non, ils ouvraient vos valises, jetaient votre linge en l'air et finalement vous refusaient un visa. Vous souvenez-vous du *Diable et le bon Dieu* ? J'avais lu à l'époque dans *Paris-Presse* que les droits d'auteur de cette pièce étaient partagés entre plusieurs personnes. Sartre avait, mettons, soixante pour cent, Simone de Beauvoir vingt-cinq, tel autre dix, et Cau, enfin, un pour cent. Je crains que cet un pour cent-là lui ait tourné la tête, que depuis il ait perdu toute mesure. Chaque fois que Sartre écrivait un livre, un article, une pièce de théâtre, chaque fois que Sartre se querellait avec un autre écrivain, bref chaque fois que Sartre nous donnait des preuves nouvelles de son talent, Cau devait prendre imaginairement son un pour cent. Je suis la triste victime de cette politique du pourcentage. Comme Cau bâillait, comme il ne savait que faire, à son échelle, lui aussi, il a voulu sa querelle. Hélas ! suis-je donc Simone Téry, parce que Cau est hanté par les lauriers de Georges Ravon ?

Vous bavardez beaucoup, m'assure-t-on. Ces mots, cette foule de mots ne sont pas le signe d'une conscience tranquille. Après tout, ce roman, *Les Rats*, que je n'ai pas lu et dont vous ne parlez jamais du reste, est peut-être un roman médiocre. Soit, il l'est. C'est admis. N'y revenons plus. Parlons d'autre chose, des *Mandarins* par exemple. Voilà un livre que vous n'ignorez pas, c'est un Goncourt.

NOTES

1. Est-il besoin d'ajouter que Cau n'a pas conscience de son antisémitisme ? Qu'il s'agit tout au plus d'un léger vertige de son imaginaire ? Qu'il a le tort de se laisser fasciner par un certain portrait physique de lui-même ?

Cau est grand, maigre, osseux. Il a un profil en « lame de couteau ». Il est silencieux. Au XIXe siècle, Cau aurait été volontiers ouvrier typographe, proudhonien de préférence.

C'est ce bavardage juif qui l'indispose. Cet insupportable *pilpoul*.

Ce puritain de la parole a un malaise physique devant qui *part de tous les côtés*.

2. Dans un livre qui paraîtra prochainement et aura pour titre *Loin des temps modernes*.

3. *Grognards et Hussards* et *Chronique d'un amour, I et II* (dans ces chroniques j'ai tenté une description de la jeune littérature de droite, de la vieille garde critique et de certaines comédies littéraires).

4. J'entends par comédie ce moment exquis où la situation a presque l'air de coïncider avec ce que nous aurions souhaité imaginairement qu'elle fût, où quelque chose d'heureux arrive qui ne nous était pas dû, et cela parce qu'on nous a pris pour un autre, cet autre précisément que nous aurions souhaité être si nous avions eu voix au chapitre.

5. Sartre, dans un récent numéro des *Temps modernes* (avril 1956), exprime à merveille ce que je souhaitais dire : « Il est fort naturel que nous n'ayons pas en tout le même point de vue... De toute façon, ce qui devrait compter à nos yeux, c'est que nous demeurons, les uns et les autres, des hommes de gauche... Il ne faut pas oublier tout ce qui nous unit : nous luttons contre les mêmes hommes, contre la même politique, nous sommes attaqués par les mêmes adversaires... J'ai toujours pensé que nous devions conserver entre nous, même dans les discussions les plus vives, un ton de courtoisie et de camaraderie. »

Les Mandarins

Simone de Beauvoir aura eu droit aux compliments d'Émile Henriot, tant mieux pour elle, car elle n'aura pas les miens. Oh ! bien sûr, l'auteur de *La Rose de Bratislava* gourmande de temps à autre l'écrivain des *Mandarins*, Mme de Beauvoir n'a pas, par exemple, l'écriture artiste des frères Goncourt. Quand son héroïne s'aperçoit qu'elle a aussi un corps, Henriot, en patriote, aurait préféré que ce fût dans les bras d'un zouave français qui frise ses moustaches, plutôt que dans ceux « d'un butor de Chicago », mais dans l'ensemble Simone de Beauvoir a des mérites et Henriot lui promet bien du bonheur. C'est que Mme de Beauvoir aime la vie, qu'elle croit le bonheur possible, surtout qu'elle a peint les existentialistes tels qu'ils sont, plutôt, « faux témoins, tueurs, drogués, agents doubles », du côté des hommes ; « femelles folles, tueuses, chiennes », du côté des femmes. Et là – serait-ce le déplorable vocabulaire de Simone de Beauvoir qui déteint sur moi ? – Henriot se marre un coup : « Et c'était ça qui prétendait refaire le monde, réinventer la vertu, remettre la justice à sa place ? » C'était ça qui osait traiter Henriot et le grand troupeau des honnêtes gens, de « salauds » ; ça qui tentait de déconsidérer tous ceux qui, comme vous ou moi, « ne croyant pas le monde né d'hier, se sentaient liés à un très ancien passé où toute l'humanité a ses sources ».

Henriot s'étouffe, jubile, triomphe, mais pardonne à Simone de Beauvoir. Elle, du moins, « ne dore pas la pilule », bref, elle a écrit un livre optimiste. Je me demandais depuis longtemps ce qu'Henriot entendait par « livre optimiste », eh bien ! c'était plus simple que je me l'imaginais : un livre où la sagesse des nations impose souverainement ses lois. Quand une femme est une femme, un homme, un homme, un existentialiste un cochon, quand la société est très bien comme elle est, du moins qu'il est peut-être déraisonnable de tenter de la changer, alors Henriot peut dormir du sommeil du juste, Mme de Beauvoir a presque écrit un chef-d'œuvre – encore un petit effort – alors la vie est belle et à nous la liberté ! Dans l'euphorie et au nom des corps constitués, Henriot remet solennellement à Simone de Beauvoir son diplôme « d'existentialisme féminin bien organisé et optimiste ». Je n'invente rien, et si vous ne me croyez pas, allez vous procurer, 5, rue des Italiens, *Le Monde* du 10 novembre 1954.

Le « bon existentialiste » est une des figures les plus émouvantes de la littérature moderne. Il me rappelle le « bon juif » de mon enfance. Le « bon juif » était cette charmante chose qui admettait parfaitement les persécutions antisémites si l'intérêt supérieur de la nation l'exigeait, qui comprenait qu'une âme bien née ne pût souffrir la vue d'un juif polonais, qui déplorait à la cantonade le manque de tact de beaucoup de ses « coreligionnaires » et qui rougissait de plaisir lorsqu'un patriote, en lui tapant jovialement sur l'épaule, lui disait : « Alors toi, c'est pas pour dire, mais tu n'es pas juif, hein ? mais alors, pas juif pour un sou, parole ! » Le premier « bon existentialiste » fut Albert Camus. Il écrivait si bien. Il avait tellement l'air d'avoir lu Saint-Exupéry, d'aimer l'Homme et l'Art, comme il faut les aimer. Il écrivait si peu, et sur les arbres, les fleurs, les oiseaux.

Camus rappelait parfois en de brefs communiqués « qu'il n'était pas existentialiste et que c'était à tort qu'on le confondait avec Jean-Paul Sartre et son équipe ». Oui, sur plusieurs points importants – la mesure méditerranéenne par exemple – Camus avait ses idées à lui. Merleau-Ponty fut le deuxième « bon existentialiste ». Il le fut même doublement : à droite et à gauche. À la Libération, Sartre avait des trous dans sa culture politique, la machine n'était pas encore remontée, Sartre croyait encore aux spécialistes. Merleau-Ponty en profita pour faire figure de *génie* politique. Il avait écrit un essai sur le communisme : *Terreur et Humanisme*, qui en imposait à ses compagnons. Les communistes eux-mêmes avaient l'impression qu'avec Merleau-Ponty on pourrait « causer ». Ce n'était pas un malpropre comme ce Sartre qui faisait jouer *Les Mains sales*, ce mélodrame sinistrement réactionnaire. Mais les années passèrent et Merleau-Ponty n'avait rien à ajouter à son essai[1], quand il le relisait, il le trouvait toujours aussi bon. Tandis que Sartre se rendait gaillardement au Congrès de la Paix à Vienne, ou écrivait sans désemparer *Les Communistes et la paix*, Merleau-Ponty prononçait devant un auditoire délicieux sa leçon inaugurale au Collège de France où il faisait l'éloge de Le Roy, Le Senne et Bergson, leçon qui lui valut dans *Carrefour* les compliments de Jacques Laurent jamais en retard d'une sottise. Merleau-Ponty avait donc tout naturellement sa place réservée au grand banquet hebdomadaire de *L'Express*, à la droite de Françoise Giroud et à la gauche du R.P. Avril. Je m'étais habitué aux niaiseries de Merleau-Ponty : l'échec des *Mandarins* me navre presque autant qu'un échec personnel car j'ai l'estime la plus vive pour l'œuvre de Simone de Beauvoir. Il n'y a pas si longtemps que dans *L'Observateur*, à propos, je crois, d'un médiocre roman de Paul Bodin, je disais mon goût décidé de *L'Invitée*, qui m'avait paru le meilleur roman français publié depuis *La Condition humaine* et *La Nausée*. Il me semble que lorsqu'on aime un écrivain, on souffre de ses subites faiblesses, on lui en veut de ne pas avoir su les mieux cacher aux autres. Un lecteur à l'égard d'un de ses auteurs favoris a les mêmes sentiments exigeants, jaloux, que l'enfant envers les grandes personnes qu'il adore. Elles ne doivent pas avoir de défauts, de lassitude, une chair idiote, ce sont des statues, des images, Sartre aurait dit des minéraux. Depuis *Les Mandarins*, Mme de Beauvoir n'est plus un minéral.

Des raisons plus naïves (ou stratégiques si l'on préfère) m'auraient fait souhaiter que *Les Mandarins* fussent ce chef-d'œuvre que j'attendais. N'étant pas d'une tendresse extrême, dans ce livre même, avec l'un des collaborateurs des *Temps modernes*, je pensais rectifier dans l'esprit de mes lecteurs le jugement hâtif qu'ils auraient pu se former de mes sentiments réels, par un éloge des *Mandarins* de Simone de Beauvoir. Oui, que Simone de Beauvoir ne se fasse pas d'illusions, je ne poursuis pas sur elle ma querelle contre Cau, c'est tout le contraire, hélas ! que j'aurais voulu et qu'elle fût *aussi* le prétexte à dire mon estime de cette revue. Tant pis, ce sont des pensées pour rien, le fait est là, *Les Mandarins* sont un mauvais roman, un roman déprimant, une mauvaise action contre la gauche. Jacques Laurent ne s'y est pas trompé, sa jalouse hargne lui a servi d'intelligence, il a titré dans son journal tout aussitôt : « Simone de Beauvoir vend la mèche pour neuf cents francs. » Peu importe que Jacques Laurent n'ait fait que rabâcher sans drôlerie ses vieux slogans contre les existentialistes : 1) ils écrivent mal, ils ignorent la langue française ; 2) ils sont ennuyeux ; 3) ils sont ridicules ; 4) ils n'ont finalement pas d'idées. Peu importe que la semaine suivante, encouragé peut-être par les applaudissements du Boileau [2] belge, l'incroyable Claude Elsen – ah ! quand donc le ministre de la Justice belge lui permettra-t-il de reprendre sa collaboration littéraire au *Petit Gris de Blankenberghe* ? et je me demande parfois si l'une des raisons pour lesquelles Jean Paulhan s'est élevé avec tant de fureur contre l'épuration ne vient pas de ce que cette épuration l'a sauvagement contraint à recueillir dans les *Cahiers de la Pléiade* et dans la *N.R.F.*, Elsen hélas ! –, Laurent ait cru bon de parler de *Fin d'un catéchisme* – les lecteurs d'*Arts*, depuis que ce malheureux journal s'est « rajeuni », sont habitués à ce genre de fausses nouvelles : n'ont-ils pas dû supporter, il y a deux ans, la croisade du bouillant Pauwels, chef d'escadron des buveurs d'Actiphos et des mangeurs d'épinards, ces chevaliers au cœur pur qui devaient pourfendre le dernier carré des existentialistes et des *pédés* que la querelle de leurs chefs de gang, Sartre et Camus, avait laissés dans la plus grande confusion. Oui, peu importe, Laurent a tout de même « flairé » le parti qu'il pourrait tirer du roman de Simone de Beauvoir. Regardons ces deux attitudes : Henriot, n'étant pas homme à « bouder son plaisir », s'engoue de Simone de Beauvoir, lui trouve un talent fou, qu'elle a écrit un livre optimiste, qu'elle sait « camper des personnages vivants », mais par hasard les personnages sont inexistants, et c'est le livre le plus pessimiste que Simone de Beauvoir ait jamais écrit. Laurent, lui, ce bon M. Laurent, pratique la politique opposée. Il ne se demande pas si ce livre est vraiment un roman « existentialiste » ; il l'est puisqu'il est mauvais. Sa médiocrité est une signature. Les personnages, dites-vous, sont ridicules ? N'arrivent pas à se tenir debout ? Alors ce sont bien les ténors de la gauche intellectuelle. Ce style sans vie, poussiéreux, cette accumulation impuissante de mots : vous l'avez reconnu ? C'est le vieux style de la bande, l'abominable style sartrien. Pour ces reproches et ces compliments, Simone de Beauvoir est coupable. Sans doute, on ne peut pas éviter tous les compliments de ses ennemis, il me semble même parfois normal de s'en réjouir, on n'est pas forcément un traître ou un misérable si d'autres que vos proches vous reconnaissent du talent – entre parenthèses, aux *Temps modernes* où l'on copie volontiers les communistes dans les petites choses, ne se décidant pas à les suivre dans les grandes, ces compliments sont *toujours* des crimes, mais il y a certains compliments et certains reproches que l'on n'a pas volés, que l'on a même bien mérités ! Si Henriot s'est senti moins dépaysé dans *Les Mandarins* que dans *L'Invitée*, si les grossièretés de langage de certains personnages ne l'ont pas épouvanté, si les mœurs de Nadine ou d'Anne Dubreuilh ne l'ont pas effarouché, alors qu'il avait manqué tourner de l'œil à l'aigre odeur de vomi de la petite Ivich, c'est qu'Henriot, en vieille jument critique, a reniflé la bonne odeur de l'écurie, oui, oui, ces *Mandarins*, en dépit de toutes leurs bizarreries, de leurs provocations, on connaissait cela, on en faisait ses délices, sa pâture depuis des décades, on en vivait, bien sûr, il fallait le dire tout de suite, ces sacrés *Mandarins*, avec leurs ficelles, leurs personnages à clefs, leur histoire truquée, leurs débats de conscience, leurs femmes que l'amour rend folles, leurs institutrices austères qui découvrent en Amérique le prince charmant et l'éveil des sens, mais c'était cet excellent roman de mauvaise qualité, dont on s'était toujours fait le vaillant défenseur. La médiocrité est une patrie et, je crois l'avoir déjà dit, Henriot est un fier patriote. Bref dans son petit crâne, le Joinville* de la critique contemporaine a dû se persuader que *Les Mandarins* n'étaient pas si éloignés de cet autre « bon roman » *Les Justes Causes* de Jean-Louis Curtis qu'il avait salué de plusieurs salves d'adjectifs quelques mois avant. Si Émile Henriot a vraiment fait ce rapprochement, on ne peut que l'en féliciter. Mettons que Jean-Louis Curtis ait une agrégation d'anglais et Simone de Beauvoir une agrégation de philosophie, mettons que Jean-Louis Curtis soit édité par Julliard et Simone de Beauvoir par Gallimard, mettons que Jean-Louis Curtis ait écrit *Les Forêts de la nuit* et Simone de Beauvoir *L'Invitée*, nous aurons souligné à l'excès les différences qui peuvent séparer *Les Justes Causes* des *Mandarins*.

Simone de Beauvoir comme Jean-Louis Curtis a choisi la convention et de nous donner une image

---

* Voici comment Gustave Lanson définit Joinville : « Il n'a pas les talents de ses devanciers, mais c'est un charmant esprit, franc, ouvert, primesautier, c'est un des plus aimables exemplaires de l'homme du XIIIe siècle. »

attendue et finalement irréelle du monde qu'elle a le souci de peindre. L'un et l'autre se targuent assez sottement d'avoir inventé de toutes pièces leurs personnages et qu'il ne faudrait surtout pas chercher des clefs : « L'expérience dont ce livre rend compte a été concrètement vécue par bon nombre d'intellectuels français, dit Simone de Beauvoir dans sa prière d'insérer, entre ceux-ci et les héros des *Mandarins* il y a donc identité de situation. C'est la seule clef que ce livre comporte, le lecteur se tromperait fort s'il prétendait en trouver d'autres. » C'était ce que disait déjà Proust, seulement je me moque de savoir si Charlus est Montesquiou, il me suffit qu'il soit Charlus – le talent a ce singulier mérite de suspendre notre curiosité mondaine – et bien sûr, ce Charlus est peut-être Montesquiou et Proust, est-ce que cela compte ? on s'en doutait un peu, figurez-vous, qu'un personnage de roman ne naissait pas *ex nihilo* et qu'il devait quelque chose à son créateur.

Mais à quoi riment les vertueuses protestations de Jean-Louis Curtis et de Simone de Beauvoir ? Ils ont horreur des cancans, ils sont purement et simplement des romanciers et ne veulent être que cela. Voyons un peu, vous dites, Jean-Louis Curtis, que le-jeune-écrivain-de-droite-brillant-mordant-cinglant-mais-qui-a-peut-être-un-cœur-et-certainement-un-style-et-dont-le-cynisme-n'est-qu'un-masque, Thibault Fontanes, n'est pas Roger Nimier. Mais alors qui est-il ? Si l'ombre de Roger Nimier ne le hante pas, comment voulez-vous que nous nous intéressions à ce lamentable héros, à qui il n'arrive rien, sinon peut-être des aventures empruntées précisément aux livres de Roger Nimier ? Est-ce en prenant ce détail dans *Le Grand d'Espagne* et cet autre dans *Le Hussard bleu*, est-ce en inventant laborieusement une actrice de théâtre – et quelle actrice, et quelle invention – que vous arriverez à nous persuader que vous êtes un romancier qui prend son bien là où il le trouve ? Qu'espérez-vous ? que dans dix ans le public ait oublié les livres de Roger Nimier et ne lise plus que *Les Justes Causes* ? C'est bien possible, seulement méfiez-vous, l'histoire, l'ingrate histoire, comme l'huître de la fable, vous joue parfois des tours. Qui peut compter sur elle ? En fait vous n'avez créé qu'une plate mosaïque, et votre Thibault Fontanes sans « vie intérieure », sans passions, sans histoire, n'existe pas, s'effondre, si *provincialement*, je le reconnais, nous ne vous faisions pas la grâce de lui prêter un modèle. Votre trouvaille, ce qui déclenche l'admiration d'Henriot, c'est le vieil amalgame ; on prend deux ou trois personnages vivants, on les mélange, on les secoue et voilà le héros qui fait « coucou ». Qui est Bernard, le directeur d'*Horizons* ? Est-ce Roger Stéphane, le directeur de *L'Observateur* ? Comme Stéphane, il est juif, il est progressiste, il jargonne, il a été un résistant, mais le romancier Curtis n'a pas dit son dernier mot, il intervient : Bernard est un *homme à femmes*, quelle fertilité ! quelle délicatesse ! Ce Curtis est foisonnant comme Dickens. Et l'on disait que le roman se meurt ? Jusqu'au dernier moment les grognards, Kemp, Henriot, Kanters étaient dans l'angoisse, Bernard-Stéphane, ce n'était pas du roman. Ce Curtis, cet écrivain que l'on avait choyé avec tant de constance, cet enfant à eux, allait-il, lui aussi, les trahir ? Jusqu'au dernier moment ce héros ne *prenait* pas (une détestable mayonnaise qui allait tourner), alors Curtis a jeté dans sa sauce l'ingrédient magique, *homme à femmes*, *homme à femmes*, vous dis-je ; c'est fini, Bernard existe ; *homme à femmes*, Curtis est sauvé, *homme à femmes*, bien, bien, je n'ai plus rien à dire, je suis un méchant, Jean-Louis Curtis est un romancier de talent. Le mot *amalgame*, employé tout à l'heure, était mal choisi, j'aurais dû parler de croisement. Vous souhaitez un directeur de journal progressiste ? Rien de plus facile, importez de la vache juive et faites-la paître avec du petit taureau d'Algérie. Mais que m'importent Camus, Stéphane, Nimier, me rétorque ce fidèle lecteur de Jean-Louis Curtis, un romancier a tous les droits, même celui de compiler médiocrement des personnages vivants. Si Thibault Fontanes existe pour moi, je ne me soucie pas de ses modèles, vous parlez en confrère, non en lecteur. Soit, je suis un Parisien, une mauvaise langue, je cherche la petite bête, l'insuccès m'a aigri et les revers de fortune, je ne suis jamais content de rien, quand on me présente pendant trois interminables heures *Le Rouge et le Noir* de Claude Autant-Lara, j'ai le toupet de regretter mon lit et la lecture de Stendhal ; mais Dieu merci, les gens normaux ne sont pas faits comme moi et Curtis se moque de mon opinion : son public, c'est la province gardienne des pots de confiture et des bons romans. Est-ce que la province connaît M. Stéphane ? et M. Nimier donc ? ou si elle connaît leurs livres, sage-ment elle en ignore la légende. Elle a mieux à faire. Elle lit, elle, elle ne se soucie pas du scandale. « Comment expliquez-vous cela ? Que je trouve vivants, *lisibles* les personnages de Jean-Louis Curtis sans pour autant avoir croisé leurs prétendus modèles dans des cocktails ? Je ne savais pas, moi, que Thibault Fontanes devait ce trait à Nimier, est-ce que cela m'a empêché de trouver familier ce héros ? Cette recon-naissance, n'est-ce pas la preuve par neuf du talent de

Curtis ? Il sait nous imposer ses personnages. » C'est que Jean-Louis Curtis joue sur deux plans. Il offre à sa clientèle deux clefs pour ouvrir ses héros : la clef pour initiés, pour *happy few* : « Thibault Fontanes serait Roger Nimier, si, si, on le dit, les critiques le laissent entendre », et la clef conventionnelle, à l'usage du grand public, celui qui n'a pas l'infini bonheur d'assister aux générales romanesques.

Les personnages de Jean-Louis Curtis ne méritent pas tout à fait ce titre, ce sont des clichés de personnages : Bernard me rappelle peut-être Stéphane (fort peu), mais surtout le juif intelligent. Qui ne connaît pas un jeune juif intelligent ? L'intelligence est juive, c'est bien connu. Un jeune juif est forcément progressiste, il a de beaux yeux *lumineux* d'Oriental, il est bavard, il est généreux, il aime qu'on l'admire, il écrit mal, *en patois*, et le plus souvent il est le fils d'un banquier. On le voit, le cliché – Jean-Louis Curtis ne manque pas de finesse, il frôle une certaine vérité, le bourgeois libéral y trouvera sa pâture. Jean-Louis Curtis est bien décidé à ne pas choquer. Vous n'êtes pas convaincu ? Passons au protestant. Car il y a un protestant dans *Les Justes Causes*, et un protestant comme nous les aimons tous, discret, sobre, intelligent, mais une intelligence comme il faut, une intelligence qui n'a rien d'agressif, qui se réserve, qui se renferme, qui se garde pour les grandes occasions, l'intelligence de Jean-Louis Curtis ou d'Albert Camus. Le protestant est naturellement le confident du tartarin juif. Il l'écoute en silence, il l'admire. Il est tellement modeste qu'il lui faut quatre cents pages pour s'apercevoir que l'intelligence de son ami est peut-être soufflée, qu'Olivier est un personnage plus intéressant que Roland. L'écrivain de droite, nous l'avons déjà souligné, écrit comme un dieu. Il est caustique et il n'est pas dupe de ses admirateurs. Dieu merci, il y a le mépris, le mépris qui console, isole, justifie l'homme de goût. Thibault Fontanes, par exemple, est parfois obligé d'adresser la parole à des antisémites et Dieu sait s'il n'apprécie que modérément cette sorte de gens. Le grand reproche que le jeune écrivain de droite fait à l'antisémitisme, c'est d'être une faute de goût. Il laisse cette passion choquante aux *vilains* de son bord. Le style est la pudeur de l'écrivain de droite, sa tour d'ivoire. Il ne dit pas « je vous aime », ce qui est gros, mais « j'ai quelque tendresse pour votre adorable façon de regarder les vitrines », n'est-ce pas *chou* ? L'écrivain de droite est pudique, comme Nadeau est honnête, Curtis sait nous suggérer que Thibault Fontanes n'est peut-être pas aussi fermé, inaccessible, qu'il en a l'air. L'écrivain de droite a des *secrets*. Oh ! certes pas les « secrets » de Dostoïevski ou de Baudelaire, ces « secrets » qui acculent certains individus au génie. Non, l'écrivain de droite a des secrets *glacés* comme les marrons de la Marquise. N'être pas heureux et le suggérer, c'est un *secret*. N'avoir pu obtenir, à l'âge de dix ans, un autorail Hornby, et, les dents serrées, avoir, des années, caché sa déconvenue, c'est aussi un *secret*. Il y en a d'autres : une journée en prison à la Libération, une confrère qui refuse de vous serrer la main, obtenir le prix Femina, alors que l'on briguait le Goncourt, être payé quatre cent mille francs par *Marie-France*, tandis que le voisin touche quatre cent vingt-cinq mille francs de *Marie-Claire*, voilà les douloureux secrets qui sont à l'origine de tant de beaux chefs-d'œuvre.

La galerie de Curtis ne serait pas tout à fait complète s'il n'y accrochait un *grotesque*. Le *grotesque* est le sacre du romancier. Sans son *grotesque*, Curtis n'était qu'un vulgaire romancier intelligent, à l'aide de cet ustensile, il ajoute une nouvelle dimension à son œuvre. Le romancier français s'aventure avec prudence sur cette terre maudite : c'est que le grotesque est souvent pour lui ce que furent l'Espagne et la Russie, Baylen et la Berezina pour Napoléon, un Waterloo. L'Espagnol a une pluie de Sancho Pança ou de don Quichotte, le Russe abonde en Idiots, mais le Français ? Bouvard et Pécuchet ? l'Autodidacte ? Clappique ? En France on n'en sort pas, le *grotesque* est intellectuel ou près de la cuisse. Curtis fait un mélange : son *grotesque* est un antisémite. Et de même que le juif est intelligent, que le protestant est discret et que l'écrivain de droite sait écrire, de même l'antisémite est un raté. Tout le monde est content. Chacun a sa sucette. Qui se plaindrait ? L'antisémite, lecteur de Jean-Louis Curtis, sourit en connaisseur, il n'est pas un raté, il le sait, donc il n'est pas un antisémite ou, plus exactement, son antisémitisme diffère – et c'est là l'essentiel – de celui de cet imbécile. D'ailleurs, coup de théâtre, ficelle légère, l'antisémite raté était un juif. C'est bien ce que pensait le lecteur antisémite des *Justes Causes*, il faut bien être juif pour être si maladroitement antisémite. Les juifs n'en ratent pas une : quand ils s'avisent d'être antisémites, ils finiraient par dégoûter les honnêtes antisémites de l'être, mais ce faisant ils leur donnent plus que jamais envie de l'être pour les punir d'avoir tenté de leur enlever leur distraction favorite.

C'est cette suite de clefs conventionnelles qui assure le succès du livre de Curtis. Un certain public, une certaine critique lui savent gré de peindre ses héros tels qu'ils se les imaginaient. Si le lecteur s'était donné la peine de passer de l'autre côté de la barricade, s'il avait voulu rassembler ses connaissances éparses, voilà comment il aurait décrit l'intellectuel de droite, le juif intelligent, etc.

La première clef – la clef scandale – n'avait pour but que d'éveiller la curiosité de l'éventuel acheteur. Le livre acheté et lu, elle servira une dernière fois. Elle donnera bonne conscience au lecteur qui pourrait avoir des doutes – son plaisir pris – sur la *vérité* des personnages de Jean-Louis Curtis. « Ce personnage n'est pas fabriqué, puisqu'il est un personnage à clef, puisqu'il a son répondant dans la réalité. » Le lecteur s'imagine volontiers que le modèle est garant de la vérité romanesque du héros de roman. Pourquoi la critique aime-t-elle tant le fleuriste ou le boulanger de ce roman, sinon parce qu'elle a l'impression que ce personnage existe, à la différence de ces jeunes héros qui doutent de leur existence et chez qui on ne peut aller acheter ni des fleurs ni du pain ? Nimier, Stéphane ont la même utilité que le fleuriste ou le boulanger, on les a vus, ils existent probablement, donc les héros si *lisibles* de Jean-Louis Curtis sont vrais. Je sais très mal dessiner : si on me demande de dessiner une cruche, je crains que ce gribouillis soit tout ce que je puisse faire, il faudrait avoir le cœur pur ou l'imagination vive pour décider que ces traits informes sont une cruche. Pour me faciliter les choses, on en met une devant moi, je ne suis pas sûr pour autant de la reproduire. Mais le badaud qui passe près de moi, voyant la cruche, devinera plus facilement que ce gribouillis en est une. Charlus *barrait* Montesquiou. Mais à quoi sert Thibault Fontanes ? Nous sommes volés. On nous avait promis Jean Marais, il est grippé, nous avons droit à un boy-scout. Le héros de Curtis nous fait taper du pied : « On demande Roger Nimier, remboursez, c'est Roger Nimier que nous voulons. » Au fond, Jean-Louis Curtis avait bien raison de se défendre d'avoir copié ses personnages sur Roger Stéphane, Albert Camus, etc. Si je devine ces écrivains – je ne connais pas du tout Roger Nimier, Albert Camus –, je leur fais confiance, je reste persuadé qu'ils sont infiniment plus drôles, plus vivants, plus *romanesques* que leurs doublures. Est-ce là du beau travail, est-ce là le propre d'un romancier que de faire un sous-tableau de son époque, un tableau de seconde main ; oui, pour quelles raisons Jean-Louis Curtis atténue-t-il et simplifie-t-il les questions et les têtes de liste de son temps ? Pourquoi l'innocent, l'objectif Curtis, l'homme de bonne foi par excellence, truque-t-il ? Les clefs, récusées ou non, servent à susciter l'intérêt du lecteur, la clef conventionnelle à le maintenir, mais encore ? Pourquoi cette paresse, pourquoi ce choix délibéré de médiocrité ? Pour qui Curtis écrit-il ? Que sont *Les Justes Causes* ? Un grand ministère d'union nationale, où apparemment toutes les tendances, valables ou pas, de la jeunesse d'aujourd'hui ont leur juste représentation. Il est vrai, nous n'avons pas de communistes, ou si peu, mais les communistes sont *sacrés*. On sait que Dieu n'est pas un bon personnage de roman, il faut prendre trop de précautions avec lui. Quand on le fait parler, il faut consulter les chefs de son protocole. Ces manières irritent le romancier, cet homme libre, il préfère se passer de Dieu. En général, c'est la même chose avec les communistes. S'il n'y a pas de communistes dans *Les Justes Causes*, roman *actuel*, c'est que Curtis n'a pas osé les représenter. Il n'y a pas d'anticommunisme dans cet oubli, mais de la modestie. Les communistes ne sont pas des personnages *faciles*. Curtis ne s'est pas senti le droit de

défigurer ces nobles figures de saints ou de héros.
Admettons. Mais ne serait-ce pas plutôt que la liberté
de convention allouée par le lecteur de Curtis à la
peinture du communiste est limitée ? Le juif est plus
commode. Les temps ont changé. Il y a de l'espace
maintenant dans la description. Après tout, le juif est
un bourgeois avant d'être un juif. On prétend même,
tous les six mois, que les Soviets le persécutent. C'est
tout à son honneur. Un juif n'est pas seulement un
avare ou l'assassin du Christ – il est permis de nuancer
la convention –, sa prétention, sa jactance, son patois
suffisent au bonheur de son détracteur normal. Mais
un communiste ? Pauvre Curtis, il était bien embar-
rassé. Un héros ? Mais alors il ennuyait, il méconten-
tait et pourquoi ce risque ? Les communistes n'étaient
pas ses lecteurs. L'homme au couteau entre les dents ?
Le cliché avait pris un coup de vieux. Il s'était
démodé. Son lecteur était trop fin et Nadeau, qui le
tenait pour un grand romancier, ne tolérerait pas cette
faiblesse. Que faire, mon Dieu ! que faire ? Aragon,
Soupault, Tzara et les mille surréalistes devenus
communistes tirèrent Curtis de ce mauvais pas. Le
communiste de service serait cette énigme au clair
visage : l'intellectuel communiste, l'ancien révolté qui
a préféré la révolution à Breton. Avant guerre, Bernard
avait pour ami un méchant garçon, sauvage, cruel,
farceur, diabolique, démoniaque, ange noir à la pointe
de la destruction littéraire, un surréaliste ne croyant ni
à Dieu ni au Diable. Il effrayait même Bernard, qui
était pourtant un jeune homme aux *idées avancées*.
Viennent la guerre, les dures années de l'Occupation,
rideau, rideau, la Libération, rideau, un jour pourtant :
« Un certain monsieur demande à voir Monsieur.
– Monsieur X, connais pas, faites entrer, comment

c'est toi, mon vieux, mais qu'est-ce que tu deviens ? Moi qui te cherchais partout. Hein, le bon vieux temps ? etc. » Sourire énigmatique de l'ancien camarade qui habite maintenant Montpellier. « Alors, tu vois, je dirige un grand hebdomadaire progressiste, *Horizons*, et toi ? – Eh bien ! nous faisons du bon travail. À une échelle modeste, mais du bon travail quand même. » Stupeur de Bernard. Le surréaliste communiste poursuit, imperturbable : « Mon pauvre garçon, tu retardes un peu avec ton journal de gauche, etc. » Une fois de plus, Bernard est dépassé. Le monstre d'avant guerre, celui qui tuait une vieille dame, ou faisait peur à Léon Blum, l'amateur d'actes gratuits est devenu communiste. Pauvre Bernard, il aura toujours l'air d'un niais. Les lecteurs de Jean-Louis Curtis s'amusent comme des enfants. La déconfiture de l'homme de gauche, berné par le communiste, ne cessera jamais de les faire rire. Comme ces braves gens se mettent bien dans la peau du communiste-surréaliste. Le surréalisme ? Ils l'admettent, c'est un absolu. Les braves gens de droite adorent l'absolu. À leurs enfants ils font ingurgiter chaque matin une cuillerée d'absolu en même temps que l'huile de foie de morue. Le surréalisme est un absolu de la pensée. Il est bon d'en avoir été au temps de sa folle jeunesse. En vieillissant, on change d'absolu, on devient communiste. Seulement le surréalisme est un absolu qui date, le communisme, un absolu triste, alors ne vaudrait-il pas mieux chercher un autre absolu, plus pimpant, plus humain ? La sagesse de Philinte, la sagesse de François Donadieu, le porte-parole de l'auteur : voilà un autre absolu. Où est-elle, cette fameuse objectivité de Jean-Louis Curtis ? L'antisémite est un juif parfait, donc l'antisémitisme est une sottise. Est-ce bien sûr ? Est-ce que cela ne prouverait pas plutôt qu'un juif qui ne saurait pas qu'il est juif peut être plus antisémite qu'un autre ? Bernard, l'homme de gauche, est intelligent, sympathique, généreux, mais cet homme intelligent, d'un bout du livre à l'autre, ne dit pas une phrase intelligente, et constamment des niaiseries sur l'engagement et l'art engagé, ses générosités sont souvent des calculs, etc. Vers qui finalement vont nos sympathies ? Vers le *fringant* Thibault Fontanes qui est à droite par pudeur et par goût de la bonne littérature, vers François Donadieu, ami fidèle de Bernard, mais qui rejoint à la fin du livre le camp des hommes de goût, des défenseurs de l'Art et de la Liberté.

Le succès a toujours un sens. Il n'y a pas de miracle. Si Curtis, qui n'est pas un grand romancier, est bien accueilli par le public et par la critique, c'est que ses romans chatouillent agréablement et ce public et cette critique. Quand Curtis écrit le mot fin, tout est en ordre, rien n'a été dérangé, cassé, bousculé, la société peut se mirer en toute tranquillité dans *Les Justes Causes*. « Ah ! que ces personnages sont vivants », s'écrie ce vieux critique. Oui, comme les règlements en vigueur. Voulez-vous avoir un bon résumé de ce qui s'est pensé, écrit, publié, depuis la Libération, voulez-vous vous faire une idée approximative des grandes tendances de la jeunesse intellectuelle ; voulez-vous vous offrir de savoureux portraits d'écrivains d'aujourd'hui ? ne cherchez pas midi à quatorze heures, ne courez pas les librairies, ne vous enfouissez pas dans de gros essais, ne perdez pas votre temps, le *Reader's Digest, Les Justes Causes*, vous livre toutes ces belles choses. Vous serez à la page [3].

Le malheur, c'est que Mme de Beauvoir, à propos

des intellectuels de gauche, ait cru bon de nous préparer une bouillie un peu identique. Le roman commence mal : « Henri jeta un dernier regard sur le ciel : un cristal noir. » Le ciel est un instrument romanesque qu'il faut manier avec précaution. Je ne connais rien de plus beau qu'un ciel bien placé. Le ciel, qui avait souffert d'un trop fréquent emploi en poésie, a repris dans le roman tous ses pouvoirs. Il y a des ciels célèbres : l'admirable ciel de *Guerre et Paix* par exemple. Le prince André, gravement blessé à la bataille d'Austerlitz, est couché dans un champ. Il croit qu'il va mourir et regarde le ciel. Toute l'histoire, telle la fumée des canons de ce temps-là, s'évapore, non seulement l'histoire du monde – qui de Napoléon ou d'Alexandre l'emportera ? – mais celle du prince André : ses ambitions, ses déceptions, ses amours, ses fureurs. Comme tout cela est vain ! Le ciel, dans un roman, est un court-circuit, l'introduction du doute. Ce doute est triple. C'est celui du romancier sur l'histoire qu'il écrit, du héros sur l'histoire qu'il vit, et du lecteur sur l'histoire qu'il lit. Le romancier semble nous chuchoter (et se chuchoter) : « À quoi bon ? Est-ce qu'il n'y avait pas déjà assez d'histoires ? Était-il vraiment utile que j'ajoute la mienne ? » C'est une invite au lecteur pour qu'il interrompe sa course, qu'il quitte le livre des yeux, qu'il brise le miroir. Mais dans les grands romans, cette invite est une feinte, un moyen de fasciner davantage le lecteur. Celui-ci, dans une sorte de halo, revoit toute l'histoire qu'il vient de lire. On l'avait conduit dans un salon, à Moscou, à Saint-Pétersbourg, on l'avait fait assister à l'agonie d'un vieux comte, il avait entendu le rire de Natacha ou de son frère, le jeune Nicolas. Le pauvre Pierre s'était marié avec une grue. Le lecteur s'était passionné pour tous ces projets, pour toutes ces envies : le prince André qui l'avait entraîné à sa suite va pourtant mourir, sans plus se soucier de lui, sans lui demander son avis, en regardant le ciel. Le lecteur se sent alors désemparé, trahi, mais ce désarroi sert le romancier. Que l'histoire devienne fragile, menacée, *qu'elle ne tienne plus qu'à un fil*, qu'elle ne soit plus qu'un regard se mirant dans l'eau du ciel, la rend infiniment précieuse au lecteur. Il va perdre quelque chose et il s'aperçoit qu'il y tenait très fort. Les faits, les gestes et les paroles des héros prennent du recul. Cette indifférence transforme une partie du roman *en souvenir*, alors même que ce roman n'est pas achevé. À l'intérieur du roman se détache un autre roman, un passé se constitue dans l'esprit du lecteur, un vieux passé *déchirant* qui donne au roman son relief temporel. On a peut-être trop insisté sur la célèbre petite phrase de Vinteuil : tous les grands romans sont traversés de phrases-rappels semblables qui sont souvent moins bien mis en évidence. Cette phrase – le regard du prince André, le *some of these days, you'll miss me, honey* de *La Nausée*, l'imparfait de *L'Éducation sentimentale* – nous livre l'un des fondements du romanesque qui est la *nostalgie*. Sartre, dans *L'Âge de raison*, fait un emploi fort judicieux du ciel. Rien d'étonnant, le ciel est le miroir idéal de l'homme libre. Ce ciel vide, cette chose toujours là et toujours intouchable, cette sorte de conscience des choses apaise le désespéré, le *lave* de ses soucis. « Vais-je trouver l'argent nécessaire à l'avortement ? », se demande Mathieu, tandis qu'il marche seul dans les rues de Paris. Un regard sur le ciel simplifie la situation. « Il n'est pas vrai que je sois seulement cette recherche de vingt mille francs, cet avortement est un tout petit

point dans le monde et dans mon histoire même. »
Mais tout aussitôt : « Je suis le seul à pouvoir
m'occuper de ces vingt mille francs. Cette histoire
infime aux yeux de l'éternité, elle me fascine comme
tous les points de mon histoire. Puisque je peux tout
laisser choir, je suis totalement responsable. » Le ciel
de *L'Âge de raison* augmentait ma sympathie pour
Mathieu : ce professeur de philosophie, intelligent et
timide, avait quelque chose de touchant. Henri, le
héros de Mme de Beauvoir, a beau lever la tête,
Mme de Beauvoir reste seule avec sa phrase, son ciel
tombe à plat, s'effondre, avant même d'avoir été mis
en place. C'est un ciel usé, un instrument de rhétorique. Je vois désagréablement la plume de la roman-
cière courir sur la feuille blanche, je sors du roman à
la première ligne : en effet, j'ai l'impression de lire un
roman. Le cristal noir accentue mon malaise, le vieux
charme n'agit plus. Cette fleur poétique est une fleur
artificielle : c'est un truc. Ce ciel-là nous donne la
tonalité du livre : *Les Mandarins* sont un roman
fatigué, écrit par une personne fatiguée. Sans doute, ce
roman a 576 pages et tout le monde a parlé du petit
caractère de la composition, mais la fatigue n'incite
pas toujours à la rapidité. Tout au contraire, c'est fort
souvent la santé qui est brève, et l'on connaît
l'inlassable discours, le ressassement sans fin de ces
consciences morbides qui abondent dans les romans
de Blanchot ou de Beckett. On peut se demander si la
longueur des *Mandarins* n'exprime pas une certaine
panique : « Ne me jugez pas encore. Vous n'avez rien
vu. Un roman est une symphonie. Tant que je n'aurai
pas écrit le mot fin, le roman peut être sauvé. Le talent
est au bout du tunnel. Ce n'est pas *un* des moments du
livre, ce n'est pas tel personnage, ce n'est pas telle

bonne phrase, c'est une dialectique. » Le gros roman inspire une sorte de respect (ou de terreur ?) sacré. Il faut vraiment que l'écrivain soit déplaisant ou que son roman ne vaille rien, pour qu'on « exécute » son livre. On a passé de si longues minutes avec les personnages que l'on finit par se persuader qu'ils existent. Il est certain par exemple que la vieille garde critique a été sensible à l'épaisseur du livre. « Cette Mme de Beauvoir n'est certainement pas sotte, même si elle a parfois des idées bizarres. On nous traite de tous les noms, on prétend que nous ne comprenons rien à la littérature. Après tout, nous ne refusons pas systématiquement la nouveauté. Montrons que nous sommes de notre temps. Ce gros roman a toutes les apparences d'un chef-d'œuvre : *le* livre, *le* roman du groupe. Nous n'étions pas a priori contre les existentialistes. Simplement nous attendions sans impatience qu'ils mûrissent. Le titre est déjà un signe, *Mandarins* ? *Mandarins* ? Ce fin sourire amusé, cette ironie subtile, comme nous aimons cela, comme c'est bauer, comme c'est français. » Le gros roman, hélas ! peut être aussi bluffeur que le petit chef-d'œuvre classique aimé des jeunes écrivains de droite. Quelle que soit sa qualité, il cherche son salut dans l'énorme. Il joue sur les mots : on risque de confondre l'épaisseur d'un livre avec la fameuse épaisseur romanesque.

Cette fatigue des *Mandarins*, surprise dès la première ligne, je la retrouve à la quatrième, les ratés se multiplient : « offensive stoppée, débâcle allemande, je vais pouvoir partir ». Mais non, là encore rien ne vient, nous ne sommes pas en 1944, parce qu'on nous parle de débâcle allemande. Continuons. Henri rêve du Portugal : « Les rues sentiraient l'huile et la fleur d'oranger, des gens jacasseraient aux terrasses illuminées, il boirait du vrai café au son des guitares. » L'imaginaire du Portugal, la nostalgie de l'ailleurs, du produit vrai sont des trucs comme le ciel de la première ligne. Une fois de plus, je vois les intentions de Simone de Beauvoir. Henri devient un des poteaux indicateurs de l'homme de gauche. Simone de Beauvoir se métamorphose subitement en un de ces atroces prestidigitateurs qui ratent tous leurs tours. On ne sait plus si on a envie de s'en aller, de se taire, ou de siffler, on a le cœur serré. Qu'est-ce qui ne va pas ? Qu'est-ce qui lui a pris ? Elle avait pourtant du talent ? Ce n'est pas le temps qui lui a manqué. Qu'est-ce que j'avais aimé dans *L'Invitée* ? dans l'étonnante *Amérique au jour le jour* ? Relisons Simone de Beauvoir, tâchons de comprendre, puisque le mal est fait, etc.

Comprenez-vous maintenant, Jean Cau, comment on peut parler d'un livre que l'on n'aime pas, que l'on croit manqué et même nuisible ? Je ne peux m'étendre davantage. Simone de Beauvoir n'est pas, hélas ! le propos de ce livre. Je vais pourtant vous donner encore quelques conseils et, si le cœur vous en dit, vous pourrez terminer à ma place cet article dans *Les Temps modernes*, car vous ne manquez pas d'un certain esprit critique – je suis sûr que vous n'avez pas aimé *Les Mandarins* –, d'un gros bon sens, un peu rigolard. Si vous vous donniez la peine de travailler, vos articles pourraient avantageusement remplacer les chroniques d'un J.-B. Pontalis, ce vieil enfant endormi, plus appliqué qu'intelligent, plus khâgneux que bon philosophe, plus pleurnichard que perspicace. Non, non, laissez celui-là et les petits autres, Dort d'Avignon, Chambure de la Mythomagnie et le Ponty du Collège, laissez-les aux *Lettres nouvelles*, il serait cruel que le pauvre Nadeau s'empêtrât tout seul dans sa revue, il n'est déjà pas si brillant – je m'en souviens bien quand j'étais à *L'Observateur* – même encadré, laissez-les donc à ces messieurs-dames de *L'Express*, vous leur ferez tellement plaisir. Ce Dort, ce Chambure, ce Ponty, ce Pontalis ont assez à la bouche de T.N.P., de musique concrète, de roman dernier cri, de Cinérama, pour faire figure de cerveaux, pour impressionner ces personnes admirables et si rares de nos jours qui collectionnent avec un soin jaloux l'écrivain, le philosophe, le prêtre, le professeur, le chirurgien, la sage-femme, le fourreur, *the best in French*, à tel point que si je voulais aller à confesse, prendre des leçons de philosophie, me faire opérer du cerveau, pratiquer l'ablation de ma rate, trouver femme à mon goût, enfant même, ministre sans portefeuille et le petit bibi tellement parisien, je sais bien que je téléphonerais à ce S.V.P. miraculeux sans plus demander mon reste. Et puis quelle joie, pour les lecteurs de ce journal, de ne pas toujours devoir souffrir les notes de l'acariâtre petite bécasse qui expédie, dit-on, la littérature de la semaine [4].

J'aimerais, Jean Cau, que vous parliez dans cet article de la pudeur et du tact de *L'Invitée*. Vous feriez saisir à vos lecteurs la différence radicale qu'il y a entre le tact de parade, la pudeur bruyante, écarlate, électorale, des jeunes romanciers de la *Parisienne* et le tact *romanesque* de Mme de Beauvoir.

Vous me demandez un exemple pour votre article ? Ouvrez *L'Invitée* à la page 300 : Françoise apprend à Pierre qu'elle a couché avec le petit Gerbert. Pierre a l'air de très bien prendre la chose. Mais nous ne connaissons pas ses « pensées intimes ». Nous ne les connaîtrons jamais. Nous sommes du côté de Françoise et nous écoutons Pierre. Mme de Beauvoir réussissait ce tour de force de contraindre le lecteur à la pudeur. Il avait peur d'être grossier, d'avoir des pensées louches. Bon gré mal gré, pour ne pas détonner, pour bien montrer qu'on était du même monde, qu'on savait vivre, on se hissait à la hauteur des personnages, on adoptait, gêné peut-être, mais conquis, subjugué, leur morale, leur façon de s'exprimer, de voir les choses, leur façon d'être. Ce tact-là avait d'admirables vertus romanesques.

Il serait bon aussi, Cau, afin que vous ne fissiez pas honte aux « savants » des *Temps modernes*, que vous opposassiez les consciences de *L'Invitée* à celles des *Mandarins*. Dans le premier livre, elles existaient (mais oui, il faut encore employer ce vieux mot dépoli), dans *Les Mandarins*, elles restent curieusement au ras du sol, elles ne se *lèvent* pas. On dirait un immense champ de blé ravagé par quelque mal secret, par quelque grêle inconnue. C'est là le terrifiant de ce livre, ce silence, cette stupeur, cette hébétude, cet Henri, ce Dubreuilh, qui n'existent pas ou qui n'existent qu'en fonction de Sartre ou de Camus. Évidemment, comme vous êtes chevaleresque, vous essaierez de trouver des raisons à cette poussière verbale. Si dans *L'Invitée*, direz-vous alors, les personnages et leurs histoires ont une telle présence, un tel pouvoir de fascination sur le lecteur, c'est qu'ils vivaient encore à l'intérieur d'une douce et bonne époque. Les Mandarins, eux, sont coincés. En 1939, on avait des doutes, en 1948, il n'y a plus que des impossibilités, l'argument ne tient pas. Dans *Le Sursis* de Sartre où l'événement mondial est roi, les consciences existent, même si elles existent en tant que consciences-noyées-broyées-par-l'événement. Il y a une bonne humeur du désespoir, une bonne humeur du talent. Mme de Beauvoir, dans son dernier roman, en est singulièrement privée. C'est son projet même qui semble frappé de stupeur. Un fantôme écrit, réfléchit, agite des ombres, un fantôme, qui est par exemple ce *je* douloureux, ce *je* de somnambule qui hante sourdement, plaintivement ces six cents pages. À la suite d'un événement terrible, ce que les psychanalystes appellent un traumatisme, certaines personnes ont leur *je* foudroyé. Elles l'ont perdu. Le *je* des *Mandarins* (Anne Dubreuilh) est un de ces blessés de guerre. Son *je* n'est plus qu'un souvenir qui chantonne entre deux scènes. Mais tout pourrait être sauvé, si ce *je* malade n'était pas le *je* même de l'écrivain. De grands écrivains, en effet, ont perdu au premier degré toute réalité. Ils miment l'existence, ils miment la gaieté, l'exubérance ; ils miment l'homme. Ils miment si bien leur condition qu'ils la transcendent. Ils ne sont plus qu'un *je* farouche, qu'un projet orgueilleux. Ils préféreraient, ils préfèrent mourir plutôt que de céder. Cette réalité qu'ils ont perdue et dont ils ne sont plus que les acteurs, ils la retrouvent, la replacent admirablement dans l'écrit. C'est leur revanche secrète, quelle chair, quelle saveur, quel suc, quelle joie, quel bondissement dans le malaise. Ils ne sont plus peut-être que cette main inlassable dont parle Blanchot, cette main qui écrit sans trêve, sans peur, la main de Proust, mais cette main admirable, ce chien d'aveugle, les sort de terre, les jette dans le monde, leur permet de s'y ébrouer avec une gaieté folle. C'est le *je* de l'écrivain, le *je* romanesque de Simone de Beauvoir qui semble malade.

Je sais bien que le monde n'est pas simple, qu'un système philosophique a un peu les mêmes effets qu'une grande passion. Dans les premiers temps, dans les premières années, il isole, rassure, réconforte, protège, et puis viennent les années où l'on met en doute la muraille : « Mais tu adores le violet », dit une héroïne des *Mandarins*. « Il adorait le violet depuis dix ans, dix ans ! c'est long ! » Le maître mot est lâché. *Les Mandarins ou dix ans après*. Dix ans de gauche, dix ans de *Temps modernes*, de confiance raisonnée en l'homme, dix ans de petites héroïnes exotiques, de commentaires de Pouillon sur le roman, de notes drôles de Jean Cau, de camps de concentration, dix ans de Mayer, Pinay, Bidault, Faure, dix ans de voyages *plaisants*, dix ans d'insultes de la droite, de réflexions sur le style, de commentaires politiques de Gabriel Robinet, de guerre d'Indochine, de chances perdues, de tension entre l'Est et l'Ouest, dix ans de curiosité, dix ans de modestie orgueilleuse. Comment le monde ne se dépolirait-il pas ? Comment faire pour s'intéresser aux choses qui sont notre pain quotidien : « toujours les mêmes têtes, le même décor, les mêmes conversations, les mêmes problèmes, plus ça change et plus c'est la même chose ». Le drôle, le triste, le déplaisant, c'est que Mme de Beauvoir s'est arrangée pour que ces luttes des intellectuels de gauche aient l'air plus absurdes, plus folles qu'elles ne le sont. Comment s'y est-elle prise ? Elle a supprimé l'histoire de ce livre engagé. Elle a transformé en esthétique (et quelle esthétique !) une expérience concrète et qu'elle ne pouvait pas se permettre de romancer. Qu'elle n'aurait pas dû se permettre de romancer. Il fallait écrire un livre de souvenirs, un livre scandaleux ou se taire. Malraux dit dans *L'Espoir* – cette admirable guerre civile des idées politiques – qu'il s'agit de transformer en conscience l'expérience la plus large possible. Que fait Mme de Beauvoir ? Elle réduit en bouillie une expérience consciente et qui n'était pas sans grandeur. Par une aberration que je ne m'explique pas – je serais ravi que vous me l'expliquiez – elle fourre sans vergogne dans son moulin romanesque dix ans de luttes, qui, elles, s'expliquaient plutôt clairement, elle moud le tout pendant six cents pages et nous présente une poudre incolore, sans date. Quel est ce vertige de l'éternel ? À quoi rime ce reniement radical des meilleurs principes de l'existentialisme ? Mme de Beauvoir écrit un roman où les têtes de file de la gauche intellectuelle sont les principaux héros et pas une seule fois les noms de Sartre, de Camus, de Simone de Beauvoir, leurs œuvres, ne sont cités, discutés. Elle parle des camps de concentration, elle oublie Rousset, *Le Figaro littéraire*. Ce n'était pas possible de les nommer ? Eh bien ! il ne fallait pas écrire ce roman. Écrire un roman ne consiste pas à reprendre la réalité, à la truquer sur un ou deux points de détail, puis à l'affadir. Je veux bien que Dubreuilh ne soit pas Sartre, mais j'aurais voulu que Dubreuilh soit Dubreuilh. *Lucien Leuwen* n'était pas très exactement une chronologie des gouvernements de Charles X, c'était un chef-d'œuvre et c'était par la même occasion l'un des meilleurs livres sur cette époque. Quel est ce pays ? Quelle est cette France ? Quel est ce Paris ? Quelle est cette presse, sans *Combat*, sans *Franc-Tireur*, sans *L'Aurore* ? Quel est ce monde masqué, hagard et lugubre ? Croyez-vous que l'invention romanesque consiste à gommer des noms pour ne plus laisser qu'une encre toute pâlie par le temps ? Faut-il battre des mains parce que la question des camps de concentration soviétiques est citée dans *Les Mandarins* avant les procès malgaches, alors que dans la réalité il y eut d'abord les procès malgaches puis les camps de concentration soviétiques ? Ces questions-là étaient déjà suffisamment embrouillées sans qu'il fût nécessaire de les embrouiller davantage. Comment ne pas rire, ne pas se moquer de ces intellectuels avec leurs fureurs en l'air, leur cas de conscience, leurs bavardages dérisoires, alors que Mme de Beauvoir a oublié de situer le milieu dans lequel ils vivaient, qu'elle a même oublié de nous présenter leurs adversaires – les seuls adversaires de l'intellectuel de gauche dans *Les Mandarins* sont des intellectuels de gauche que d'autres intellectuels de gauche ne considèrent plus comme des intellectuels de gauche – sinon de pâles écrivains de droite, fantoches que l'on dirait sortis d'un mauvais roman de Maurice Druon, fantoches triplement fantoches, fantoches parce qu'ils sont de droite, fantoches parce qu'ils sont des fantoches de droite, fantoches enfin parce qu'ils ont ce redoutable honneur d'appartenir à « l'univers romanesque » de Simone de Beauvoir. Il faudrait du reste insister dans une étude approfondie des *Mandarins* sur l'influence de Druon dans la composition des personnages secondaires de Mme de Beauvoir (femmes du monde, grandes couturières, filles, actrices). Chez Druon comme chez Simone de Beauvoir, même grossièreté théâtrale.

Se demander pendant des centaines de pages s'il faut parler ou non des camps de concentration dans une revue n'est pas une question ridicule, si l'on garde présent à la mémoire que M. Letourneau était ministre, si l'on songe aux coquins qui nous dirigeaient (voilà un imparfait optimiste), si l'on se souvient de la bonne, de la franche, de la saine fureur que suscitaient les platitudes et les salauderies d'un Robinet ou d'un

Bony. En nous privant de ces bagatelles, en *irréalisant* une situation historique, Mme de Beauvoir nous remet fâcheusement en mémoire les analyses d'Albert Camus sur l'absurde pas si absurde d'une conversation téléphonique surprise par un témoin qui, à travers la glace d'une cabine, voit des lèvres remuer sans pourtant qu'il entende parler, sans pourtant qu'il distingue d'interlocuteur. Quel sens a cette agitation ? Dans *Les Mandarins*, Mme de Beauvoir s'arrange pour que les intellectuels de gauche grimacent tout seuls, pour rien, en vain. Était-ce cela qu'elle voulait nous suggérer ? Était-ce une leçon magistrale sur la vanité de la lutte des écrivains ? *Les Mandarins* inspirent au lecteur la pitié, parfois la sympathie et cette sorte d'affection trouble un peu sadique pour qui est ridicule sans être bas. Je laisse ces sentiments en dot à Mme de Beauvoir. Je ne crois pas que ni pour elle, ni pour nous, ni pour les intérêts de la cause qui est sa passion, elle avait le droit de nous les infliger. Cette époque récuse la pleurnicherie. La confession exige un tour de main un peu particulier pour ne pas compromettre, souiller la vérité des idées politiques de celui qui s'est confessé. Mme de Beauvoir le sait bien qui fait dire à un de ses héros, au début de son roman, que Dubreuilh a renoncé à publier pour le moment ses mémoires qui lui tenaient tant à cœur. Le pittoresque fait perdre de leur sérieux, de leur *glacial* aux idées. L'écrivain politique n'a pas d'enfance, pas de ridicule, il sort tout armé du ciel des idées. Si Dubreuilh nous racontait comment il s'est masturbé à l'âge de onze ans, écouterions-nous avec la même attention déférente son analyse des camps soviétiques ? Ne serions-nous pas tentés de l'arrêter imaginairement au beau milieu de son raisonnement, de le tirer par l'oreille pour finir par le vêtir de charmantes culottes courtes ? Que faisons-nous d'autre avec Benjamin Constant et Rousseau, avec tous ces auteurs que nous appelons sottement par leurs prénoms ? Les critiques réactionnaires tentent de limiter la portée révolutionnaire du *Contrat social,* en rappelant sans cesse à Jean-Jacques qu'il a volé un ruban ou qu'il a reçu la fessée de Mlle Lambercier. Il s'agit de greffer de la *chair* ridicule sur des idées déplaisantes, subversives, si bien qu'on ne voit plus qu'elle, cette obscénité. Tout de même ces dix ans ne lui appartenaient pas tout à fait, ils étaient tombés dans le domaine public des hommes de bonne volonté. Ils étaient un peu à nous et à d'autres, et, puisqu'il s'agissait d'une image, disons que nous n'avons pas aimé cette image et qu'il aurait mieux valu la déchirer sans phrase.

Qu'un jeune homme écrive un roman qui ne soit pas « dans la ligne », où ses héros font d'étranges pas de côté avec une certaine morale politique et même avec la bonne foi tout court, je n'y vois rien à redire ; un jeune homme est une abstraction futile qui n'engage que lui. Mme de Beauvoir s'était depuis longtemps refusé cette liberté. Il me semble qu'elle a cru trop volontiers que, pour écrire un roman de gauche, il suffisait de vêtir ses héros de complets à raies tristes et de refuser *Creed.* C'est certain, sur ce point Mme de Beauvoir a gagné, *Les Mandarins* sont un roman mal habillé, un roman roubaisien ou, pour ne pas dénigrer sottement une industrie nationale, un roman travailliste. Mais le labeur ne crée pas le romanesque et *Les Mandarins* sont plus un roman gauche qu'un roman de gauche.

NOTES

1. En publiant *Les Aventures de la dialectique*, Merleau-Ponty a cru finalement qu'il avait quelque chose à ajouter à son essai. Il est bien le seul.

2. François Michel, le directeur de cette collection, s'indigne de ma comparaison entre Boileau et Elsen. Il est vrai, Elsen n'a jamais été qu'un imbécile et Boileau tout de même l'auteur des excellentes *Réflexions critiques sur quelques passages du rhéteur Longin.*

3. C'est le côté « réussi » du roman de Curtis qui m'agace. Je voudrais bien savoir où se niche Curtis. À quoi pense-t-il pendant qu'il écrit son roman ? Qu'est-ce qui l'intéresse ? Ne parlons pas une fois de plus de Flaubert et pour beaucoup de raisons. Son fameux style n'était qu'une façon de serrer très fort les mâchoires, de « marbriser » ses rêves.

4. Ce portrait est parfois injuste. Sur bien des points, un homme de gauche ne peut qu'approuver la ligne politique de *L'Express*. Les articles de Mauriac sont souvent un des plaisirs de la semaine. Et Madeleine Chapsal, « l'acariâtre petite bécasse », ne manque ni de subtilité, ni de goût, ni d'intelligence. Elle a pourtant ce tort (?) de prendre la critique littéraire pour un prolongement du courrier du cœur.

Fin

J'ai aimé *Nekrassov*, j'ai tenté de le défendre dans ce temple de la bonne littérature qu'est la *N.R.F.* MM. Paulhan et Arland étaient ravis de cette idée. De toutes leurs forces, de tout leur cœur depuis des années, ils désiraient rajeunir leur revue. Ils comptaient beaucoup sur moi « — n'est-ce pas, Jean ? » « — N'est-ce pas, Marcel ? » Il y avait peu de choses au monde qu'ils souhaitaient plus que de me voir écrire en *N.R.F.* Le savais-je assez ? Ils appréciaient vivement mes livres. L'enthousiasme de Jean Paulhan ne connut plus de limite à la lecture des premières pages de ma chronique. C'était très épatant. Il fallait que je continue, que je songe à d'autres théâtres, oui, il le fallait. Paulhan envoyait vite à l'imprimerie de Créteil mon « papier ». On alla même jusqu'aux épreuves. Je me demandais si je ne rêvais pas. On nous avait changé la *N.R.F.* Quel ennui ! il allait falloir réviser nos idées sur cette excellente revue. Jean Paulhan comprit-il mes angoisses ? ma haine de l'imprévu ? toujours est-il qu'un petit mot de lui me rassura bien vite. Il était désolé mais : « nos amis n'acceptent pas *Bonjour, salauds* ! Leurs objections, c'est qu'il s'agit d'un article purement politique et... ». Bref, à la *N.R.F.* on avait vraiment le droit de tout écrire, cette revue était la liberté même, mais c'était la liberté *made in* Raymond Aron. Amen et Passons [1].

Nous nous sommes rencontrés – c'est la règle – dans des bars ou à des générales. Nous nous sommes même salués. Pourquoi pas ? Je ne vous hais point et j'ai cet avantage d'avoir dit sur vous ce qu'il fallait dire. Pour l'honneur des *Temps modernes* j'ai voulu que vos grossièretés sur moi aient un sens. Vous voudrez bien admettre qu'un tel projet ait pu rencontrer des vents contraires, des coups de lassitude.

Je ne suis plus si sûr que *Les Mandarins* soient un mauvais roman. On m'a trop rebattu les oreilles de ce « pur diamant » que serait l'amour américain de Lewis et d'Anne. C'est possible. On m'a fait remarquer que j'avais tout de même lu avec passion ce livre et qu'il m'avait donné « à penser ». C'est exact. Et de combien de romans en pourrais-je dire autant ?

Après tout *Les Mandarins* expriment assez bien un certain milieu, un certain temps, et pas si mal, Simone de Beauvoir. Après tout un large public bourgeois s'est éveillé à la compréhension de certains sujets qui, sans *Les Mandarins*, lui seraient à jamais restés étrangers.

Les existentialistes n'étaient plus des monstres farouches, mais des êtres humains. C'est peut-être ce qui m'a le plus déplu dans ce roman : cet affadissement d'une réalité, ce ton trop humble, cette voix un peu brisée, cette humilité.

Le Goncourt qui a couronné *Les Mandarins* avait tout l'air d'un concordat. On venait de mettre sous cloche le fol espoir de 1946. Comme les héros du film de Ciampi, les écrivains sont fatigués. Leurs projets, s'ils en avaient, se sont un peu endormis. Ils traînent la littérature plus qu'ils ne la font. Et les grands écrivains d'aujourd'hui, les derniers des Mohicans, semblent plus soucieux d'achever leurs œuvres complètes que de relancer une fois de plus les dés. Qu'importe s'ils s'enfoncent dans l'erreur, avant tout, pour eux, il s'agit de s'enfoncer, d'entourer leurs tombes de pyramides gigantesques qui étonnent plus l'imagination qu'elles ne cherchent à la convaincre. Jamais on n'a autant parlé de *communication*, jamais elle n'a été aussi absente de nos rapports. Pour qui écrivons-nous, se demandait Sartre en 1948 ? Oui, cet admirable texte, *Les Communistes et la paix*, à qui est-il destiné ? Qui cherche-t-il à convaincre ? Peut-être, seulement, hélas ! quelques esprits curieux de la gauche, quelques critiques moscovites, quelques philosophes du parti communiste français.

Jamais autant qu'aujourd'hui la littérature n'a été passion aussi vaine. Elle ressemble à cette souris immortelle du roman de Mme de Beauvoir qui trotte à travers la terre pour rien. Pour la plupart nous rassemblons des publics frileux, sachant bien que notre photo dans *Elle*, nos fiançailles avec telle vedette de cinéma plus que notre éventuel talent nous permettront peut-être de l'agrandir. Quand bien même les jeux du hasard et de l'ambition nous auraient donné ce public plus large, une sorte de crampe alors semble nous saisir. Ce talent, si talent il y avait, le plus souvent exigeait pour s'épanouir des lieux étroits, malsains, qui permettent à la mauvaise foi de trouver sa vraie terre. Car, sans mauvaise foi, comment pourrions-nous encore écrire ? Où sont-ils ces jeunes écrivains « insolents » de 1950 ? Ces hussards de droite ?

Où sont leurs journaux ? L'existentialisme est en pleine déconfiture ? La littérature engagée est une détestable plaisanterie ? Eh bien ! où sont vos romans ? vos chefs-d'œuvre ? Mais non, ils monnaient péniblement leur « insolence », leur fascisme plus ou moins bien élevé contre des fromages dans des journaux qu'ils se devraient de détester. En fait la République (du moins ce pouvoir tyrannique, infantile, tout pétri de faiblesse et de coléreuse impuissance que nous nommons République) n'a pas de meilleurs appuis qu'eux. C'est normal, leurs contradictions, leurs feuilles de paye les rendent parfaitement inoffensifs. Les jours de neige, s'il leur vient à l'esprit quelque envie de polémiquer, ce sera toujours contre les seuls écrivains qui se refusent, si peu que ce soit, à accepter la société telle qu'elle est. Les plus doués d'entre eux ont pris le parti de se taire. « Je n'écrirai pas avant dix ans », dit par exemple celui-ci qui ne manquait pas complètement de talent. Ou s'ils écrivent, ce sont des livres posthumes faits de pièces et de morceaux glanés dans les siècles littéraires écoulés. Ces livres, bien sûr, ils ne les aiment pas, ils n'y croient pas, il s'agit simplement de justifier leur titre d'écrivain aux yeux de leurs employeurs. S'ils n'étaient plus de la corporation, en effet, pourquoi paierait-on si cher leurs maigres sottises ?

Les moins doués n'y comprennent goutte. Ce siècle est bien fumeux. Ils reprennent paisiblement les slogans des chefs de file. Ils ajoutent un roman sans saveur à la liste déjà longue de leurs « œuvres ». Ils s'étonnent, s'indignent de ces bruits fâcheux qui courent sur la mort du roman. « Mort du roman ? connais pas. Sapristi, il faut bien que le roman aille comme un charme et la littérature donc, puisque j'écris. » Et après tout, pourquoi pas ? pourquoi se gêner ? pourquoi s'en faire, puisque, dans les journaux sérieux, de vénérables critiques vont s'enchanter pour la millième fois « de ces savoureux romans, de ce talent de conteur, de cette plume alerte », etc. Croit-on que ce soient leurs chefs de file qui vont les détromper ? Allons donc ! ils ont besoin de ces lourdauds pour paraître brillants. Jadis ils auraient eu tendance à se quereller les uns les autres. Maintenant c'est la grande paix dans ce petit gang.

Marceau est un étonnant conteur, un romancier vif, brillant, imprévu. Le pauvre Déon, lui, est le romancier du bonheur, des instants privilégiés. Il est la divine exception de cette triste époque. De pension de famille italienne en pension de famille brésilienne, il capte, moderne troubadour, toute la beauté du monde. Laurent est le penseur, le touche-à-tout de génie. C'est Voltaire, c'est le Sartre de la droite. Et si la littérature ne lui prenait pas tout son temps, quels étonnants livres n'écrirait-il pas ? Ces messieurs ont même trouvé un auteur privilégié pour se congratuler sans fard et sans fausse pudeur. C'est Antoine Blondin. Sachant combien il est difficile de le connaître sans l'aimer, ils vont mettre en avant cette « sympathique figure ». C'est le Pinay de nos fiers indépendants. Chacun de ses livres est salué par une salve insensée d'adjectifs. Un critique se permet-il quelque réserve ? aussitôt son éditeur demi-solde de cette droite littéraire voit rouge, s'étrangle de fureur. On n'a pas le droit de dire que c'est un auteur charmant, c'est une injure de prétendre qu'il écrit bien, il est bien mieux, il est bien plus, il est l'époque à lui tout seul. C'est Giraudoux moins les procédés, Le Sage moins les longueurs, Swift moins le grinçant, Charlot moins les moustaches. Le lisent-ils même encore ? Je ne le jurerais pas. A-t-on besoin de toucher, de palper un dieu pour y croire ? Il est devenu l'un des arguments électoraux favoris de Laurent. Un jour, peut-être, je parlerai de Blondin suivant mon cœur et mon goût. En attendant, qu'il se méfie un peu de ce sens de la dictée française qui le paralyse. C'est aux siècles futurs, s'ils y songent encore, de nous découper par petites tranches. Ne leur mâchons pas trop tôt, trop vite la besogne. Je crois que nous avons mieux à faire.

S'étant refusés à l'époque, dégoûtés de leurs insolences sans objet, ils n'ont plus rien à dire. Ils se répètent ou se taisent. Tels les derniers des Mérovingiens, nos écrivains fainéants cèdent leur pouvoir littéraire à de robustes maires du palais, « rabâcheurs » infatigables.

Le *Bulletin de Paris* de Pierre-Étienne Flandin, de l'Alliance démocratique ; *Dimanche matin*, du jovial Capgras, sont ravis d'accueillir cette grosse prose intarissable. Dans quelques années, les représentants de la pensée de droite seront : Stephen Hecquet, Claude Elsen, Paul Sérant. C'est pour rien que la droite littéraire pavoise : aucun beau cavalier ne passe sous ses fenêtres.

À gauche, les choses ne vont pas mieux. Une étrange troupe de glaneuses s'est abattue après les moissons sur les beaux champs existentialistes avec une voracité sans pareille ; elle a ramassé, à la sauvette, tous les grains restants. La glaneuse en chef se nomme Barthes. C'est à la fois le théoricien du groupe et son écrivain le plus savoureux. En d'autres temps, on aurait dit que c'était un esprit « curieux et fin », un critique « avisé ». Si son *Degré zéro de l'écriture* est un essai sur le langage et la littérature d'une confusion regrettable, où les auteurs des siècles passés sont secoués, mélangés dans une sorte de shaker insensé, son *Michelet*, certaines de ses chroniques des *Lettres nouvelles* sont des textes dignes d'être lus avec attention. On peut s'étonner pourtant de l'extraordinaire audience qui semble entourer ses livres et ses articles. Les critiques traditionnels parlent de Barthes avec un respect bien admirable, presque suspect. Quoi ? les mêmes qui glapissaient de rage à la lecture du *Baudelaire* de Sartre, que le *Qu'est-ce que la littérature ?* mettait dans un état proche du malaise, rendent les armes devant le *Michelet* de Barthes ? Pour comprendre ce phénomène, il faut se rappeler que la critique traditionnelle, si elle ne peut souffrir sans grincer la fraîcheur du génie, a toutes les indulgences, toutes les attentions pour les sous-produits, la seconde ou troisième mouture. Le même critique qui aurait certainement traité Stendhal de galopin parlera avec respect de Paul Bourget. Avec Barthes le danger est mensuel. C'est un danger limité, heureusement circonscrit. Alors qu'on peut encore s'attendre à tout de la part de Sartre, les surprises de M. Barthes sont au passé.

De quoi est composé ce petit groupe ? Aux dernières nouvelles, de transfuges des *Temps modernes*, Guy de Chambure, Bernard Dort, dont on avait pu lire des notes embrouillées, mais toujours sans merci. De l'excellent Maurice Nadeau, critique estimable, toujours empressé à défendre la « bonne » littérature, mais qui confond, hélas ! trop souvent, l'ennui avec l'honnêteté et l'honnêteté avec le talent. Pour Nadeau, la littérature s'est arrêtée ce jour néfaste entre tous où il quitta la direction de la page littéraire de *Combat*.

Soyons justes ; Nadeau, en grand seigneur, ajouta une rallonge : cette collection qu'il dirige chez Corrêa. Nadeau nous fait mieux saisir les méfaits de l'honnêteté. Puisqu'il est honnête (il est honnête comme on est juif, russe, noir, mécréant, etc.), il ne *peut* pas se tromper. Ceux qui ne sont pas de son avis sont des gens malhonnêtes, des écrivains dont il faut se méfier, seulement avides de plaire, de gloire malsaine et d'argent facile, des suspects, des fortes têtes, à mettre au piquet. Paradoxalement Nadeau va se conduire peu à peu comme ces écrivains de droite qu'il déteste. L'honnêteté, elle aussi, va devenir un gang. Mais un gang aigri, incolore, d'autant plus dangereux qu'il se prend pour la vertu. Ne plaisantons pas ! nous n'avons pas attendu Nadeau pour admirer Leiris, Bataille, Blanchot et les meilleurs romans de Dhôtel. Ce n'est tout de même pas Nadeau qui a inventé Genet ? *Les Lettres nouvelles* avaient un rôle précis à jouer ; d'abord nous donner de bons textes – elles nous les ont donnés certes, mais le plus souvent d'auteurs déjà connus et ce n'est pas le tirage malheureusement confidentiel de cette revue qui leur assurera une plus large audience – et surtout dresser ce juste inventaire de la littérature de ces dix dernières années. Cet inventaire que *Les Temps modernes* perdus un peu dans leur kamtchatka politique, leurs ruptures tapageuses, leur ligne générale, ne pouvaient plus se permettre peut-être de dresser, *Les Lettres nouvelles* (sorte de sénat de la gauche dont *Les Temps modernes* auraient été la Chambre des députés) se devraient de le tenter. J'avais pris étourdiment une fédération laïque de l'enseignement pour le Sénat ! Mais ce n'est pas tout d'avoir des critiques, des jeunes gens, des revues, il faut encore avoir des écrivains et qui écrivent. Dieu est bon ! il envoya à nos grenouilles Robbe-Grillet.

Comme Robbe-Grillet avait écrit un roman et – ô surprise ! – bientôt deux et que le T.N.P. de Jean Vilar ne suivait pas exactement les directives de Bernard Dort et se mêlait de jouer *Le Cid* ou Marivaux, au lieu des *Jaunes*, cette délicieuse œuvrette à longue portée de Guy de Chambure, on décida que le roman serait le cheval de bataille de la révolution littéraire. C'en était fini du subjectif, du monologue d'Hamlet, du talent, de l'œuvre littéraire, le roman serait un objet où l'auteur serait absent.

Robbe-Grillet n'aimait pas écrire, n'aimait pas la littérature, ne pensait pas qu'il avait des dons spéciaux pour cela, mais le dieu de la littérature l'avait choisi, désigné à la foule des fidèles, en gémissant, il écrivait donc, avec ou sans talent, il serait le romancier de son temps. Je crois que *Le Voyeur*, le dernier roman de Robbe-Grillet, est un livre parfaitement réussi, si on entend par là qu'il y a adéquation entre les intentions de l'écrivain et les résultats. Robbe-Grillet voulait écrire tel livre et il l'a écrit. Je crois aussi qu'il vaut mieux avoir écrit *Le Voyeur* que d'être l'auteur de tel roman traditionaliste « haut en couleur ». Mais je crois encore qu'il y a du toupet, de la démesure et du ridicule à vouloir confondre un roman de laboratoire avec le roman, avec la littérature d'aujourd'hui. Qu'est-ce que cela veut dire, roman de laboratoire ? Croit-on que les *Illuminations* de Rimbaud étaient des poèmes de laboratoire ? Croit-on qu'une œuvre révolutionnaire quelle qu'elle soit a quelque rapport que ce soit avec le laboratoire ? Pensez-vous que Monet, Manet et Degas, pensez-vous que Picasso cela soit ou cela ait été de la peinture de laboratoire ? Qu'un public non éduqué rigole devant Monet, public qui n'admire pas du reste Rembrandt, mais à qui deux ou trois siècles ont fini par donner le respect et l'habitude de Rembrandt, est-ce que cela veut dire pour autant que Rembrandt soit le Hugo et Monet le Robbe-Grillet de la peinture ?

J'appelle littérature de laboratoire, littérature qu'un commentaire intelligent épuise.

Il n'est pas bon pour un livre que son intérêt se réduise à un faisceau de significations qu'un critique imaginaire pourrait grouper.

À la limite, vingt ou trente pages sur *Le Voyeur* de Robbe-Grillet, d'un nouveau Borgès, seraient plus intéressantes que *Le Voyeur*.

Bardèche, ni Prévost, ni Valéry n'ont épuisé Stendhal. Et croit-on que la lumineuse élucidation existentielle de Sartre sur Baudelaire ait enlevé à aucun lecteur l'envie de lire et relire *Les Fleurs du mal* ?

Ce n'est pas rendre service à Robbe-Grillet que de le persuader qu'il est un révolutionnaire, lorsqu'il réclame que le roman soit un objet. Ce mot nouveau n'est que la pâle copie du vieux rêve qui hante tous les grands romanciers.

Lorsque Tolstoï écrivait *Guerre et Paix*, Stendhal *Le Rouge et le Noir*, Faulkner *Absalom, Absalom !*, croit-on par hasard que ces écrivains ne rêvaient pas, eux aussi, et avec des titres plus justes, de déposer dans leur siècle et dans les siècles futurs des objets, des minéraux, des choses irréfutables, sans merci ? Il y a désormais l'homme de Faulkner, l'homme de Tolstoï, l'homme de Beckett, il n'y a pas encore l'homme de Robbe-Grillet.

Il n'est pas vrai, non plus, que Robbe-Grillet soit

absent de ses livres. Ses manies sont bien là. Si le cœur vous en dit, on peut dès maintenant se livrer à une psychanalyse de Robbe-Grillet. Peut-être simplement cette absence de l'auteur, ce que ses laudateurs appellent cet homme pris à son degré zéro, signifient que les manies de Robbe-Grillet ne passent pas très bien la rampe. Il me déplaît qu'un tempérament se métamorphose en dictature littéraire, tente de se faire passer pour l'unique chance de la littérature, surtout lorsque ce tempérament est maigre et somme toute ne s'est exprimé jusqu'ici dans aucun bon livre.

Ces jeunes marxistes non communistes ne badinent pas avec la littérature. Je ne crois pas que Sartre même trouve vraiment grâce à leurs yeux. Le pauvre, il est démodé, plein de bonnes intentions certes, mais irréfutablement démodé. D'abord il écrit, il écrit des romans, il écrit des pièces de théâtre, il écrit des essais, il écrit des livres de philosophie. On dirait, ma parole, que ce professeur ignore son époque contemporaine. Il écrit, comme si, aujourd'hui, pour un écrivain il s'agissait d'écrire, comme si c'était là l'essentiel de la littérature. L'un d'eux me disait en parlant de *Nekrassov* : « C'est touchant, mais Sartre ignore tout de la révolution théâtrale. Les intentions de la pièce sont bonnes, mais avouez que formellement *Nekrassov* est réactionnaire. » Ces jeunes gens me font un peu penser à ces dirigeants turcs. Ah ! que de « tempêtes » avant la publication du premier livre se sont métamorphosées en implacable « beau fixe ». Répétons-le, il n'est pas toujours vrai que le morne entassement des jours arrange les choses. Ce n'est pas parce qu'on a écrit dix livres sur ce qui n'allait pas, que, fatigué de répéter toujours la même sinistre chanson, on doit décider dans son onzième livre que tout va pour le mieux du monde dans le meilleur des mondes. Je ne sais pas si le désespoir a une fin, ni l'espoir, ni dans quel hémisphère en ce moment nous nous trouvons. Nous sommes là et, suivant nos mérites, nos envies, nos humeurs, nous nous fixons certaines tâches en vue de freiner, de capter ce temps qui nous lasse, nous cerne, nous quitte et nous tue.

À la différence de nos aînés, beaucoup de questions ne nous ont pas saisis à la gorge. Où sont les Chines, les Espagnes, ces trèfles à quatre feuilles de la littérature engagée ? La guerre, les injustices, les massacres, nous ne les avons pas découverts, dans l'horreur et l'étonnement, ils ont été notre milieu naturel, notre paysage. Cela nous a peut-être donné ce regard dépoli et vague qu'ont les idiots de Faulkner.

Nous n'avons pas l'indignation ou la joie facile. Si nous écoutions notre premier mouvement, tout nous semblerait naturel. Nousavons besoin de construire ligne par ligne nos sentiments pour les éprouver. Les meilleurs ont simplement décidé que de toute façon ils seraient des morts de bonne volonté.

Je ne tire pour ma part aucune fierté stupide de cette indifférence. Il me faut pourtant la reconnaître pour tenter d'y passer outre.

Bien sûr, il y a de par ce monde des millions de femmes et d'hommes pour qui tout ce langage serait de l'hébreu : la faim n'est pas un sentiment faible. Il y a des besoins et des espoirs qui doivent nous rendre humbles, même si l'humilité n'est pas notre fort. Oui, il nous faut admettre les terribles limites de notre expérience, l'exiguïté de nos questions. Pour employer le langage d'une certaine critique : « Un large souffle humain ne passe pas dans nos livres. »

Je ne suis pas sûr par exemple que pour un jeune

bourgeois libéral de ce pays le communisme était encore la question. Il *le* subissait plus qu'il ne l'approuvait ou le combattait. Il était tout prêt à reconnaître cette évidence : que c'était bien le seul parti qui représentait la classe ouvrière. Mais le cœur n'y était plus. On votait souvent communiste du bout des doigts.

Insulté par un écrivain du parti, je savais que je ne broncherais pas, mais je savais aussi que cette absence de réaction n'était pas saine : « Mais oui, cause toujours, tu es un imbécile. Ça n'a pas d'importance. Il y a l'Indochine, la paix à défendre, cette grève, l'Afrique du Nord, et tout t'est permis. »

Le livre d'Hervé, assez insipide par bien des côtés, a eu ce mérite de nous rappeler que la mauvaise littérature n'était peut-être pas le meilleur moyen de faire avancer la révolution. Il était temps, on était presque prêt à l'admettre, tant la mauvaise conscience était forte. Depuis quelques mois on reprend espoir, il y a de nouveau comme une lueur à l'est.

Un dernier mot pour Cau qui sommeille sur son banc, et je tire le rideau.

On m'a assuré qu'en m'insultant, il avait voulu parler de moi, comme je parlais des autres, bref m'imiter. C'est affreux qu'on puisse dire des choses pareilles. J'éprouve alors une grande angoisse, cette angoisse qui devait saisir un Chateaubriand lorsque, après avoir écrit son *René*, il découvrit dans l'horreur le nombre de faux *René* qu'il avait suscités. Il s'arrachait les cheveux, dit-on, de désespoir. « Ah ! j'aurais dû brûler ce petit livre. Maudite postérité ! » À moins que ce ne soit l'angoisse d'Adrien Sixte (un héros de Paul Bourget connu) devant l'affreuse immoralité de son disciple Robert Greslou.

Maintenant le rideau est tombé. Les deux comédiens saluent gentiment le public et certainement vont aller prendre un rapide blanc au zinc.

NOTE

1. Ce Sartre a bien du toupet, hein ? Je vous en fais juge. M. Lazareff avait lu dans ses journaux que Sartre allait faire son portrait dans *Nekrassov*. M. Lazareff, il est sans méfiance, il n'est pas comme vous ou moi, ce qu'il lit dans *France-Soir*, il le croit. Aussi il était tout content, M. Lazareff, c'était la gloire enfin, la *vraie*. Pas la gloire à la une, un million d'exemplaires, mais celle des petits publics, des petits tirages, des petits théâtres. Les petits publics, vous vous rendez compte ? La nostalgie, l'Orient de ce Napoléon de la grande presse du soir qui finira bien par faire comme tout le monde, par écrire *La Princesse de Clèves* en cent quatre-vingts pages, collection Pocket-Book.

Que fait Lazareff ? Que fait notre rat des champs ? Il téléphone au rat des villes, Dame Giroud, qui ne peut pas écrire une ligne sans qu'elle la sache encadrée de Camus, de Mauriac ou de Malraux et, dans les jours sans, de Merleau-Ponty ou du R.P. Avril. (C'est un mécréant qui parle.) La Lazareff des *happy few* (cent mille lecteurs au lieu de un million) susurre à son confrère : « Je te jure, Pierrot, on t'aime, remercie ton étoile, touche le marbre, c'est jour de fête. Mets ton habit et ta Légion d'honneur la plus neuve. Moi, je sais ce que c'est, j'y suis passée. Mais alors, pardon, chapeau, je n'ai eu droit qu'au petit Bost. Toi, tu as les honneurs du grand Sartre. » Du coup, Lazareff qui a vingt-cinq ans de métier et cent idées par jour avala cinquante porte-plume au lieu des trente habituels. Et c'était partout pareil dans notre gai Paris. Jean-Paul David qui s'est rendu justement célèbre en baptisant la guerre : paix, et l'oppression : liberté, exultait. Gautier, Thierry Maulnier, Brisson exultaient. Ils étaient tous frères de lait comme cochons. Comprenez leur émotion : ils allaient *se voir*. Ça ne leur était pas arrivé si souvent. On allait démonter leurs procédés, leurs tics, leur trucs. Aux yeux de tous, enfin, ils seraient des salauds, de beaux salauds dorés sur tranche. Ô la surprenante nouveauté ! Ils allaient pouvoir rire tout leur saoul d'eux-mêmes. Maulnier allait trouver en Maulnier de quoi rire, quelle cure ! Quelle détente !

Devant son conseil d'administration réuni, Brisson déclara : « Si Sartre réussit cet incroyable tour de force que je me moque de moi, de la bêtise de Robinet, de son anticommunisme tenace, mais falot, si falot, je lui cède *Le Figaro*. » Comme un membre du conseil lui demandait alors ; « Et Mauriac ? Que va devenir Mauriac ? » « — Tant pis pour lui. Il n'avait qu'à pas soutenir l'ex-mauvais sultan. Il verra si, avec Sartre, il pourra encore se permettre de parler tous les mois de ses vignes et, tous les trois mois, de son vieux Pascal jauni. »

Le jour de la générale, chacun de nos messieurs tenait dans sa main gauche un bulletin d'adhésion au parti communiste. Tout était permis. Tout était possible. Tout était croyable. Eh bien ! ce traître de Sartre (payé par qui ?) fit si bien qu'à la sortie, même pas, à l'entracte, les larmes aux yeux, la haine au cœur, Brisson, Giroud, Lazareff, Maulnier bien sûr, durent déchirer rageusement leur précieuse petite feuille de papier.

Mais non, je ne plaisante pas. Ce sont ces messieurs qui se moquent de nous. Faites comme moi, faites un effort, lisez la bonne presse : *Le Figaro* (tous les jours), le *Combat-Maulnier, France-Soir, L'Express*, vous verrez, vous l'avez peut-être vu : *ils* sont désolés, navrés, *ils* ont le cœur en berne, « C'est à pleurer », *ils* auraient voulu avoir tort, *ils* auraient été prêts à donner leur âme au diable (au communisme précisément) pour avoir tort. Tenez, ces saints hommes allaient plus loin encore, ils auraient voulu que ce fût eux, dans l'histoire, les imbéciles et les faibles d'esprit. Mais voilà, n'est pas imbécile qui veut. Pour eux, les jeux sont faits, il n'y peuvent rien, l'imbécile, le faible d'esprit, c'est Sartre, c'est ce pauvre vieux Sartre qui les contraint d'avoir raison, de persévérer dans leur opinion première. Ah ! je vous jure – à les lire – ce n'est pas gai d'avoir raison, c'est une responsabilité, une fatigue dont ils se seraient bien passés.

Nos penseurs occidentaux ne vous font-ils pas un peu songer à Atlas quand il était tout empêtré de son ciel sur les épaules et qu'il ne savait qu'en faire ? Maulnier avait dû se dire que Sartre serait son providentiel Hercule. Aussi il était Maulnier depuis trop longtemps : Maulnier ? Entendez mille choses lourdes, oppressantes, mille cieux sur sa pauvre tête. Mais Sartre-Hercule dut pressentir le piège et, pour éviter d'avoir des problèmes de Maulnier sur le dos, fuir dans ce pitoyable *Nekrassov*.

Bon, me dit-on. Je veux bien que vous ayez raison sur ce point, qu'il y ait quelque ridicule à se lamenter hypocritement de ce qui devrait vous réjouir, et que l'on ne voit pas pourquoi MM. Brisson, Lazareff et leurs aides devraient prendre la défense de *Nekrassov*. Si Sartre a raison, s'il fait rire, ils sont probablement ridicules, il est donc humainement préférable que Sartre ait tort et que son *Nekrassov* soit une pièce manquée. Pour reprendre un mot de l'auteur, *Nekrassov* est un four, une immondice, puisque Brisson et Lazareff ont plutôt besoin qu'elle le soit. Le besoin crée l'être.

« Pourtant, jeune homme (c'est toujours le lecteur de la *N.R.F.* qui parle), moi qui ne suis pas communiste (j'ai lu avec trop d'attention les beaux livres si sages, si posés, si réfléchis de MM. Aron et Ponty – le Ponty de la guerre de Corée), mais à qui – suivant la formule de Diderot qui lui-même la tenait de Térence – ah ! ces Latins – rien de la terre des hommes ne saurait être étranger, moi qui ne suis pas un admirateur fanatique de Jean-Paul Sartre : vous voulez l'opinion d'un ancien ? Il écrit trop. Il emploie en abondance des gros mots, dont je ne vois pas toujours la raison et le sens, il n'est pas assez artiste et, pour ne rien vous cacher, je ne sais si c'est l'âge qui veut ça, je ne comprends pas certains de ses livres (je préférais d'ailleurs les premiers et singulièrement ce *Mur* où je m'acharne avec quelques amis à retrouver le "meilleur" Sartre, le plus classique du moins – oui, ces parfois brèves nouvelles sont des joyaux, des réussites – je les place bien haut dans ma bibliothèque et dans mon estime à côté de Mérimée, par exemple, c'est tout vous dire. J'y ajouterai (à ce *Mur*) ses premiers articles de la *N.R.F.* Quel dommage, n'est-ce pas, qu'il ait voulu voler de ses propres ailes ? Voyez-vous, il avait besoin, ce Sartre, d'être contenu, discipliné, réduit, ratatiné.

Quel grand écrivain il serait devenu, s'il s'était contenté d'écrire de brefs récits et des articles littéraires dans cette revue. Et puis – ai-je la berlue ? – il n'a jamais été remplacé. »

(Non, comme vous le voyez, pas précisément ce qu'on peut appeler un admirateur fanatique) mais qui d'un autre côté, n'apprécie pas l'injustice littéraire (je n'ai pas dit que j'appréciais l'injustice tout court) – et c'en est certainement une et indéniable que de parler de Sartre, de son *Saint Genet*, pour ne pas rester dans le vague – comme en parlait – si c'est parler, si c'est écrire – ce notulier de *La Table ronde* en 1952 – ne disait-il pas, cet imbécile : « monument de stérilité ? » – pour ne pas souffler mot des jeunes écrivains de *La Parisienne* – jeunes par rapport à qui d'ailleurs ? – oui, vous savez, dites-moi leurs noms, je les ai sur la langue, cela va venir, ils ont certainement votre âge, les mêmes scooters que vous, Nimier, n'est-ce pas ? je dis Nimier tout de suite non pour le favoriser ou l'accabler, mais parce que j'ai lu son nom dans cette revue même – il avait l'air d'en savoir un bout long sur Stendhal, sont-ils parents par hasard ? Y avait-il des Stendhal chez les Nimier ? (c'est une habitude à laquelle je ne me ferai jamais, qui m'étonnera toujours de votre part (vous ? vous m'entendez ?), cette façon que vous avez de postillonner au visage des grands écrivains, de leur taper sur l'épaule, de les appeler par leur prénom, de vous donner des airs d'avoir écrit leur livre et pourtant de vous en être tiré sans rides, de les avoir compris, puis d'être redevenu vous-même, c'est-à-dire bien davantage que ces pauvres bougres de grands écrivains si limités et tout bêtement morts). Laurent ? C'est cela, c'est bien cela, c'est Laurent ? Il est connu, n'est-ce pas ? Il a du talent, on cite ses mots dans *Match*, il est de tous les prix nouveaux, il déjeune à côté d'André Maurois, et l'on m'affirme qu'il a dix livres en train. Tant de livres dans la même tête ! et s'il allait mourir ? Quel artiste la France perdrait. Sur ce point, je vous fais confiance, je n'ai jamais rien lu de Jacques Laurent. Un ami m'a expliqué un jour que cela ne se faisait pas, que ce serait lui faire inutilement de la. peine, qu'il n'écrivait pas des livres pour être lu. Que le « bon » Laurent en fait était introuvable : derrière lui (dans des livres de jeunesse épuisés que personne n'avait jamais lus) ou devant lui (dans des livres qui ne sont pas encore écrits). C'est que Laurent est un homme trop bon, doué d'un cœur large. Il n'a pas le temps d'écrire pour les lecteurs, il est trop pris par ses éditeurs, il n'écrit que pour eux, il se mettrait en quatre pour eux (son nom, par exemple), oui, les éditeurs « mangent » littéralement Laurent, se le disputent, se tueraient pour l'avoir. C'est qu'ils s'occupent assez du grand public, les éditeurs, ils lui donnent en pâture assez d'écrivains, ils ont bien le droit – avouez-le – de garder pour eux, pour eux seuls, un écrivain, un seul. Les éditeurs ont su joindre d'ailleurs l'utile à l'agréable. Je m'étais demandé comment il se faisait que Laurent se moquât aussi complètement des lecteurs et que pourtant certains de ses livres eussent de si gros tirages, j'avais compté sans l'Afrique. Les éditeurs ont la sagesse d'écouler des monceaux de Laurent en A.O.F. et en A.E.F. Nos bons nègres aiment Laurent comme ils aiment les tissus aux couleurs *bariolées*, la verroterie, l'eau de feu. Au Gabon, par exemple, Laurent se vend comme des petits pains au lait. Il en serait bientôt de même au Maroc si Mauriac voulait bien cesser ses articles.

(Ni communiste donc, ni admirateur fanatique de Jean-Paul Sartre) mais volontiers serviteur du *talent*, etc.

Dans la collection Les Cahiers Rouges

Paul Alexis, Henry Céard, Léon Hennique, JK Huysmans, Guy de Maupassant, Émile Zola — *Les Soirées de Médan*

Lou Andreas-Salomé — *Friedrich Nietzsche à travers ses œuvres*

Joseph d'Arbaud — *La Bête du Vaccarès*

Jacques Audiberti — *Les Enfants naturels* ■ *L'Opéra du monde*

Marguerite Audoux — *Marie-Claire suivi de l'Atelier de Marie-Claire*

François Augiéras — *L'Apprenti sorcier* ■ *Domme ou l'essai d'occupation* ■ *Un voyage au mont Athos* ■ *Le Voyage des morts*

Marcel Aymé — *Clérambard* ■ *Vogue la galère*

Jules Barbey d'Aurevilly — *Les Quarante médaillons de l'Académie*

Charles Baudelaire — *Lettres inédites aux siens*

Bayon — *Haut fonctionnaire*

Béatrix Beck — *La Décharge* ■ *Josée dite Nancy* ■ *L'enfant chat*

Jurek Becker — *Jakob le menteur*

Louis Begley — *Une éducation polonaise*

Julien Benda — *Tradition de l'existentialisme* ■ *La Trahison des clercs*

Yves Berger — *Le Sud*

Emmanuel Berl — *La France irréelle* ■ *Méditation sur un amour défunt* ■ *Rachel et autres grâces*

Emmanuel Berl, Jean d'Ormesson — *Tant que vous penserez à moi*

Tristan Bernard — *Mots croisés*

Princesse Bibesco — *Catherine-Paris* ■ *Le Confesseur et les poètes*

Ambrose Bierce — *Histoires impossibles* ■ *Morts violentes*

Lucien Bodard — *La Vallée des roses*

Alain Bosquet — *Une mère russe*

Jacques Brenner — *Les Petites filles de Courbelles*

André Breton, Lise Deharme, Julien Gracq, Jean Tardieu — *Farouche à quatre feuilles*

André Brincourt — *La Parole dérobée*

Charles Bukowski — *Au sud de nulle part* ■ *Factotum* ■ *L'amour est un chien de l'enfer (t1)* ■ *L'amour est un chien de l'enfer (t2)* ■ *Journal d'un vieux dégueulasse* ■ *Le Postier* ■ *Souvenirs d'un pas grand-chose* ■ *Women*

Anthony Burgess *Pianistes*

Michel Butor *Le Génie du lieu*

Erskine Caldwell *Une lampe, le soir…*

Henri Calet *Contre l'oubli ■ Le Croquant indiscret*

Truman Capote *Prières exaucées*

Hans Carossa *Journal de guerre*

Blaise Cendrars *Hollywood, la mecque du cinéma ■ Moravagine ■ Rhum, l'aventure de Jean Galmot ■ La Vie dangereuse*

Paul Cézanne *Correspondance*

André Chamson *L'Auberge de l'abîme ■ Le Crime des justes*

Jacques Chardonne *Ce que je voulais vous dire aujourd'hui ■ Claire ■ Lettres à Roger Nimier ■ Propos comme ça ■ Les Varais ■ Vivre à Madère*

Edmonde Charles-Roux *Stèle pour un bâtard*

Alphonse de Châteaubriant *La Brière*

Bruce Chatwin *En Patagonie ■ Les Jumeaux de Black Hill ■ Utz ■ Le Vice-roi de Ouidah*

Jacques Chessex *L'Ogre*

Hugo Claus *La Chasse aux canards*

Emile Clermont *Amour promis*

Jean Cocteau *La Corrida du 1er mai ■ Les Enfants terribles ■ Essai de critique indirecte ■ Journal d'un inconnu ■ Lettre aux Américains ■ La Machine infernale ■ Portraits-souvenir ■ Reines de la France*

Pierre Combescot *Les Filles du Calvaire*

Vincenzo Consolo *Le Sourire du marin inconnu*

John Cowper Powys *Camp retranché*

Jean-Louis Curtis *La Chine m'inquiète*

Salvador Dalí *Les Cocus du vieil art moderne*

Léon Daudet *Les Morticoles ■ Souvenirs littéraires*

Edgar Degas *Lettres*

Joseph Delteil *Choléra ■ La Deltheillerie ■ Jeanne d'Arc ■ Jésus II ■ Lafayette ■ Les Poilus ■ Sur le fleuve Amour*

Jean Desbordes *J'adore*

André Dhôtel *Le Ciel du faubourg ■ L'Île aux oiseaux de fer*

Charles Dickens *De grandes espérances*

Maurice Donnay *Autour du chat noir*

Alexandre Dumas *Catherine Blum ■ Jacquot sans Oreilles*

Umberto Eco *La Guerre du faux*

Ralph Ellison *Homme invisible, pour qui chantes-tu ?*

Oriana Fallaci *Un homme*

Dominique Fernandez *Porporino ou les mystères de Naples*

Ramon Fernandez *Messages ■ Molière ou l'essence du génie comique ■ Proust*

A. Ferreira de Castro *Forêt vierge ■ La Mission ■ Terre froide*

Francis Scott Fitzgerald *Gatsby le Magnifique ■ Un légume*

Max-Pol Fouchet *La Rencontre de Santa Cruz*

Georges Fourest *La Négresse blonde suivie de Le Géranium Ovipare*
Jean Freustié *Le Droit d'aînesse* ■ *Proche est la mer*
Max Frisch *Stiller*
Carlo Emilio Gadda *Le Château d'Udine*
Matthieu Galey *Les Vitamines du vinaigre*
Claire Gallois *Une fille cousue de fil blanc*
Gabriel García Márquez *L'Automne du patriarche* ■ *Chronique d'une mort annoncée* ■ *Des feuilles dans la bourrasque* ■ *Des yeux de chien bleu* ■ *Les Funérailles de la Grande Mémé* ■ *L'Incroyable et triste histoire de la candide Erendira et de sa grand-mère diabolique* ■ *La Mala Hora* ■ *Pas de lettre pour le colonel* ■ *Récit d'un naufragé*
David Garnett *La Femme changée en renard*
Paul Gauguin *Lettres à sa femme et à ses amis*
Maurice Genevoix *La Boîte à pêche* ■ *Raboliot*
Natalia Ginzburg *Les Mots de la tribu*
Jean Giono *Colline* ■ *Jean le Bleu* ■ *Mort d'un personnage* ■ *Naissance de l'Odyssée* ■ *Que ma joie demeure* ■ *Regain* ■ *Le Serpent d'étoiles* ■ *Un de Baumugnes* ■ *Les Vraies richesses*
Jean Giraudoux *Adorable Clio* ■ *Bella* ■ *Eglantine* ■ *Lectures pour une ombre* ■ *La Menteuse* ■ *Siegfried et le Limousin* ■ *Supplément au voyage de Cook* ■ *La guerre de Troie n'aura pas lieu*
Ernst Glaeser *Le Dernier civil*
Nadine Gordimer *Le Conservateur*
William Goyen *Savannah*
Jean Guéhenno *Changer la vie*
Yvette Guilbert *La Chanson de ma vie*
Louis Guilloux *Angélina* ■ *Dossier confidentiel* ■ *Hyménée* ■ *La Maison du peuple*
Benoîte Groult *Ainsi soit-elle, précédé de Ainsi soient-elles au xxie siècle*
Jean-Noël Gurgand *Israéliennes*
Kléber Haedens *Adios* ■ *L'Été finit sous les tilleuls* ■ *Magnolia-Jules/L'école des parents* ■ *Une histoire de la littérature française*
Daniel Halévy *Pays parisiens*
Knut Hamsun *Au pays des contes* ■ *Vagabonds*
Joseph Heller *Catch 22*
Louis Hémon *Battling Malone, pugiliste* ■ *Monsieur Ripois et la Némésis* ■ *Maria Chapdelaine*
Pierre Herbart *Histoires confidentielles*
Hermann Hesse *Siddhartha*
Panaït Istrati *Les Chardons du Baragan*
Henry James *Les Journaux*

Pascal Jardin *Guerre après guerre suivi de La guerre à neuf ans*
Alfred Jarry *Les Minutes de Sable mémorial*
Marcel Jouhandeau *Les Argonautes ∎ Elise architecte*
Philippe Jullian, Bernard Minoret *Les Morot-Chandonneur*
Ernst Jünger *Rivarol et autres essais ∎ Le contemplateur solitaire*
Franz Kafka *Journal ∎ Tentation au village*
Comte Kessler *Cahiers 1918-1937*
Paul Klee *Journal*
Jean de La Varende *Le Centaure de Dieu*
Jean de La Ville de Mirmont *L'Horizon chimérique*
Armand Lanoux *Maupassant, le Bel-Ami*
Jacques Laurent *Croire à Noël ∎ Le Petit Canard*
Louis-Adhémar-Timothée Le Golif *Cahiers de Louis-Adhémar-Timothée Le Golif, dit Borgnefesse, capitaine de la flibuste*
Paul Léautaud *Bestiaire*
G. Lenotre *Napoléon – Croquis de l'épopée ∎ La Révolution française ∎ Versailles au temps des rois*
Primo Levi *La Trêve*
Suzanne Lilar *Le Couple*
Malcolm Lowry *Sous le volcan*
Pierre Mac Orlan *Marguerite de la nuit*
Maurice Maeterlinck *Le Trésor des humbles*
Vladimir Maïakowski *Théâtre*
Norman Mailer *Les Armées de la nuit ∎ Pourquoi sommes-nous au Vietnam ? ∎ Un rêve américain*
Antonine Maillet *Les Cordes-de-Bois ∎ Pélagie-la-Charrette*
Curzio Malaparte *Technique du coup d'État*
Luigi Malerba *Saut de la mort ∎ Le Serpent cannibale*
Eduardo Mallea *La Barque de glace*
André Malraux *La Tentation de l'Occident*
Clara Malraux *...Et pourtant j'étais libre ∎ Nos vingt ans*
Heinrich Mann *Professeur Unrat (l'Ange bleu) ∎ Le Sujet!*
Klaus Mann *La Danse pieuse ∎ Mephisto ∎ Symphonie pathétique ∎ Le Volcan*
Thomas Mann *Altesse royale ∎ Les Maîtres ∎ Mario et le magicien ∎ Sang réservé*
Claude Mauriac *Aimer de Gaulle ∎ André Breton*
François Mauriac *Les Anges noirs ∎ Les Chemins de la mer ∎ De Gaulle ∎ Le Mystère Frontenac ∎ La Pharisienne ∎ La Robe prétexte ∎ Thérèse Desqueyroux*
Jean Mauriac *Mort du général de Gaulle*
André Maurois *Ariel ou la vie de Shelley ∎ Le Cercle de famille ∎ Choses nues ∎ Don Juan ou la vie de Byron ∎ René ou la vie de Chateaubriand ∎ Les Silences du colonel Bramble ∎ Tourguéniev ∎ Voltaire*
Frédéric Mistral *Mireille/Mirèio*

Thyde Monnier *La Rue courte*
Anatole de Monzie *Les Veuves abusives*
Paul Morand *Air indien ▪ Bouddha vivant ▪ Champions du monde ▪ L'Europe galante ▪ Lewis et Irène ▪ Magie noire ▪ Rien que la terre ▪ Rococo*
Alvaro Mutis *La Dernière escale du tramp steamer ▪ Ilona vient avec la pluie ▪ La Neige de l'Amiral*
Vladimir Nabokov *Chambre obscure*
Sten Nadolny *La Découverte de la lenteur*
V.S. Naipaul *Le Masseur mystique*
Irène Némirovsky *L'Affaire Courilof ▪ Le Bal ▪ David Golder ▪ Les Mouches d'automne précédé de La Niania et Suivi de Naissance d'une révolution*
Gérard de Nerval *Poèmes d'Outre-Rhin*
Harold Nicolson *Journal 1936-1942*
Paul Nizan *Antoine Bloyé*
François Nourissier *Un petit bourgeois*
René de Obaldia *Le Centenaire ▪ Innocentines*
Edouard Peisson *Hans le marin ▪ Le Pilote ▪ Le Sel de la mer*
Sandro Penna *Poésies ▪ Un peu de fièvre*
Joseph Peyré *L'Escadron blanc ▪ Matterhorn ▪ Sang et Lumières*
Charles-Louis Philippe *Bubu de Montparnasse*
André Pieyre de Mandiargues *Le Belvédère ▪ Deuxième Belvédère ▪ Feu de Braise*
Raoul Ponchon *La Muse au cabaret*
Henry Poulaille *Pain de soldat ▪ Le Pain quotidien*
Bernard Privat *Au pied du mur*
Annie Proulx *Cartes postales ▪ Nœuds et dénouement*
Raymond Radiguet *Le Diable au corps suivi de Le bal du comte d'Orgel*
Charles-Ferdinand Ramuz *Aline ▪ Derborence ▪ Le Garçon savoyard ▪ La Grande peur dans la montagne ▪ Jean-Luc persécuté ▪ Joie dans le ciel*
Jean-François Revel *Sur Proust*
André de Richaud *L'Amour fraternel ▪ La Barette rouge ▪ La Douleur ▪ L'Etrange Visiteur ▪ La Fontaine des lunatiques*
Rainer-Maria Rilke *Lettres à un jeune poète*
Christine de Rivoyre *Boy ▪ Le Petit matin*
Marthe Robert *L'Ancien et le Nouveau*
Christiane Rochefort *Archaos ▪ Printemps au parking ▪ Le Repos du guerrier*
Auguste Rodin *L'Art*
Daniel Rondeau *L'Enthousiasme*
Henry Roth *L'Or de la terre promise*
Jean-Marie Rouart *Ils ont choisi la nuit*
Mark Rutherford *L'Autobiographie de Mark Rutherford*
Maurice Sachs *Au temps du Bœuf sur le toit*
Vita Sackville-West *Au temps du roi Edouard*